COLEÇÃO RECONQUISTA DO BRASIL — 2ª Série

154. O MOVIMENTO DA INDEPENDÊNCIA 1821-1892 — Oliveira Lima — (1073/9)
155. O IMPÉRIO BRASILEIRO 1821-1889 — Oliveira Lima — (851/3)
156. VIAGEM AO BRASIL — Maximiliano Pierre de Wied Neuwied — (0625/0)
157. DIÁRIO DE UMA VIAGEM AO BRASIL — Maria Graham — (0559/8)
158. REPUBLICANOS PAULISTAS E A ABOLIÇÃO — José Maria Santos (852/0)
159. O MARQUÊS DE PARANÁ — Aldo Janotti — (1053/3)
160. A CONQUISTA DO DESERTO OCIDENTAL — Craveiro Costa — (393/0)
161. UM SERTANEJO E O SERTÃO — Ulisses Lins de Alburquerque — (1062/0)
162. DICIONÁRIO MUSICAL BRASILEIRO — Mário de Andrade (0560/3)
163. CRÔNICA DE UMA COMUNIDADE CAFEEIRA — Paulo Mercadante — (1100/6)
164. DA MONARQUIA À REPÚBLICA — George C. A. Boechrer — (1015/5)
165. QUANDO MUDAM AS CAPITAIS — J. O. Meira Penna — (1016/1)
166. CORRESPONDÊNCIA ENTRE MARIA GRAHAM E A IMPERATRIZ DONA LEOPOLDINA — Américo Jacobina Lacombe — (1117/8)
167. HEITOR VILLA-LOBOS — Vasco Mariz — (1121/2)
168. DICIONÁRIO BRASILEIRO DE PLANTAS MEDICINAIS — J. O. Meira Penna — (312/1)
169. A AMAZÔNIA QUE EU VI — Gastão Cruls
170. HILÉIA AMAZÔNICA — Gastão Cruls
171. AS MINAS GERAIS — Miran de Barros Latif — (909/6)
172. OS BARÃO DE LAVRADIO E A HIGIENE NO RIO DE JANEIRO IMPERIAL — Lourival Ribeiro — (0614/0)
173. NARRATIVAS POPULARES — Oswaldo Elias Xidieh — (315/0)
174. O PSD MINEIRO — Plínio de Abreu Ramos — (795/4)
175. O ANEL E A PEDRA — Pe. Hélio Abranches Viotti
176. AS IDÉIAS FILOSÓFICAS E POLÍTICAS DE TANCREDO NEVES — J. Maurício de Carvalho — (910/1)
177/178. FORMAÇÃO DA LITERATURA BRASILEIRA — 2 vols. — Antonio Candido — (0689/1)
179. HISTÓRIA DO CAFÉ NO BRASIL E NO MUNDO — José Teixeira de Oliveira — (0797/7)
180. CAMINHOS DA MORAL MODERNA; A EXPERIÊNCIA LUSO-BRASILEIRA — J. Maurício de Carvalho — (0921/0)
181. DICIONÁRIO HISTÓRICO-GEOGRÁFICO DE MINAS GERAIS — Waldemar de Almeida Barbosa — (0313/8)
182. A REVOLUÇÃO DE 1817 E A HISTÓRIA DO BRASIL — Um estudo história de diplomática — Gonçalo de Barros Carvalho e Mello Mourão
183. HELENA ANTIPOFF — Sua Vida/Sua Obra — Daniel I. Antipoff
184. HISTÓRIA DA INCONFIDÊNCIA DE MINAS GERAIS — Augusto de Lima Júnior
185/86. A GRANDE FARMACOPÉIA BRASILEIRA — 2 vols. — Pedro Luiz Napoleão Chernoviz.
187. O AMOR INFELIZ DE MARÍLIA E DIRCEU — Augusto de Lima Júnior

O AMOR INFELIZ DE MARÍLIA E DIRCEU

COLEÇÃO RECONQUISTA DO BRASIL (2ª SÉRIE)
Dirigida por Antonio Paim, Roque Spencer Maciel de Barros
e Ruy Afonso da Costa Nunes. Diretor até o volume 92,
Mário Guimarães Ferri (1918-1985)

VOL. 187

Capa
Osório Garcia

Ilustrações de
SETH

EDITORA ITATIAIA LTDA
BELO HORIZONTE
Rua São Geraldo, 53 — Cep.: 30150-070 — Tel.: (031) 212-4600
Fax.: (031) 224-5151

AUGUSTO DE LIMA JÚNIOR

O AMOR INFELIZ DE MARÍLIA E DIRCEU

EDITORA ITATIAIA
Belo Horizonte

1998

Impresso no Brasil
Printed in Brazil

ÍNDICE

IL N'Y A QU'UN VRAI DOCUMENT
ET INDISCUTABLE SUR UN ARTISTE:
C'EST SON OEUVRE.

PAUL BOURGET

NOTA A ESTA EDIÇÃO

A força épica e trágica do amor que uniu o Inconfidente Tomaz Antônio Gonzaga, português, e a jovem mineira Maria Doroteia Joaquina de Seixas, inspirador de tão belos poemas, é marca da história e da literatura brasileira. Talvez tenha sido a primeira obra escrita no Brasil, editada na França.

O pequeno livro de Augusto de Lima Júnior é tão forte e rico que justifica esta quinta edição, trinta anos depois da última, que reúne o romance, a História da Inconfidência, o perfil de caráter de seus personagens, a paisagem mineira. Tão falado, o amor de Marília e Dirceu é, como o clássico Romeu e Julieta de Shakespeare, pouco conhecido, tendo-se uma vaga noção dos personagens, da época e do palco de episódio, bonito e rico, o mais marcante em nossos quinhentos anos de história, mas sem o entendimento devido.

Ouro Preto daqueles dias, cenário de nossas mais caras recordações cívicas, merece ser conhecida e vista sob o ponto de vista de seus visitantes europeus, que sobre ela escreveram. Esta edição, aumentada e revista, inclui um capítulo de 'Vila Rica do Ouro Preto' do mesmo autor, que transcreve algumas destas impressões de viagem. A mais, o registro do traslado dos restos mortais de Marília para o Museu da Inconfidência, para o repouso final com os companheiros de seu Dirceu, que só veio a ocorrer em 1955, no Governo Clóvis Salgado, e sempre por iniciativa de Lima Júnior, que antes obtivera de Getúlio Vargas o repatriamento e o próprio Museu, feitos que despertaram a natural ciumeira de despeitados e invejosos, que fazem vida pública por mera vaidade.

O projeto de Pedro Paulo Moreira e da Editora Itatiaia de reeditar alguns dos clássicos da historiografia mineira da ampla obra de Augusto de Lima Júnior, é meritório, e, nós, seus descendentes, reiteramos nosso reconhecimento pela iniciativa de manter viva a lembrança da vida e da obra de quem dedicou sua longa caminhada a servir a história e a preservação do patrimônio artístico e cultural de sua Minas Gerais. O 'Amor Infeliz de Marília e Dirceu' torna-se mais importante na medida em que não é leitura necessária apenas aos que desejam conhecer as origens da velha Capitania das Minas Gerais, mas um romance histórico e heróico, com todos os ingredientes que ilustram o gênero através dos tempos.

Nascido em Portugal, aqui chegando já em idade adulta, com formação universitária em Coimbra, Gonzaga é a mostra de que ser brasileiro é ser português e vice-versa. As origens se confundem na mesma raça, como veio a confirmar mais adiante aquele que veio a entrar para a história como o Patriarca da Independência, José Bonifácio de Andrada e Silva, que iniciou sua vida pública entre nós, de regresso de Lisboa, aos trinta e sete anos de idade. Portugal não deu apenas os algozes da inconfidência, mas também os seus heróis. Esta identidade que une os povos de língua portuguesa é que veio a animar, agora, neste final de século vinte, a dois outros mineiros e brasileiros ilustres a propor a criação da Comunidade dos Povos de Língua Portuguesa, o Presidente Itamar Franco e o Embaixador José Aparecido de Oliveira. Neste episódio não falta a presença espiritual de Augusto de Lima Júnior, que tanto amou a Portugal e aos portugueses, tendo vivido em Lisboa, onde estudou e pesquisou, em missão oficial do governo brasisleiro, em 1939 e 1940, como Embaixador Delegado Especial e Plenipotenciário às comemorações do Duplo Centenário. Cabe lembrar, por fim, o tocante discurso do grande português e amigo do Brasil, Presidente Mário Soares, no Palácio da Liberdade, em jantar oficial oferecido pelo então Governador Hélio Garcia, que em nome de Portugal exaltava e reverenciava a figura do mártir da Inconfidência, Tiradentes.

É dentro de todo este contexto que se passa o romance que em oportuno momento é reeditado. As coisas bonitas, os feitos dos idealistas, os sonhos do amor e do patriotismo devem sempre ser lembrados.

ARISTÓTELES DRUMMOND

- do Pen Clube do Brasil -

INTRÓITO À QUARTA EDIÇÃO

Não há, entre as cidades brasileiras, nenhuma que possa disputar a Ouro Preto a primazia de encantos e de glórias que ela encerra, naquele apertado recinto de vales profundos e serranias ásperas. Realização do esforço paulista, as Minas Gerais deram ao Brasil os primeiros impulsos de consciência política e os recursos materiais para a sua constituição unitária, que os séculos consolidaram numa consciência comum. Desde as remotas alvoradas em que os cedros e as baraúnas tombaram, para construírem os primeiros lares e capelas de Minas Gerais, a opulência do vale maravilhoso atraiu a multidão agitada e vibrante de aventureiros, que encheu os campos e os serros de Vila Rica, cobrindo-lhe os encontros de cordilheiras e o fundo dos abismos, com o casario nobre e as igrejas monumentais, levando aos céus seus campanários, onde os sinos eram as vozes das coletividades nos grandes dias ou nas noites trágicas. Os ares de Vila Rica enrijavam o caráter, inspiravam o amor à liberdade e convertiam as almas mais tímidas e subservientes em altivas, ciosas de sua honra e dignidade. Contra os excessos naturais no espírito de um procônsul-régio Dom Pedro de Almeida, Conde de Assumar, ergueu-se Vila Rica em 1720 e marchou sobre a Vila do Ribeirão do Carmo, arrancando do delegado del-rei a capitulação que satisfez às reivindicações populares.

Foi a palavra iluminada do plebeu português Felipe dos Santos, que a todos inflamou, que conduziu essa arrancada épica por sobre os penedos que separam as duas Vilas. O revide violento do valoroso fidalgo, contra aquela terra que " exalava o hálito de fogo da rebeldia", foi o incêndio do morro do Ouro Preto e a execução bárbara do tribuno do povo, Felipe dos Santos, que regou com seu sangue o solo de Vila Rica. Empolgada pelo luxo, desvairada pelas fascinações do ouro, derramando-se em competições artísticas, Vila Rica não perdeu o estigma com que fora marcada por Deus, entre suas irmãs brasileiras. Enfrentou os Capitães-Generais, reagiu contra os excessos das ambições fiscais, e venceu, muitas vezes, as decisões dos Conselhos de Sua Majestade.

Em 1789, conjugou num mesmo episódio o romance de amor de Marília e Dirceu com os ideais cívicos de Tiradentes e de seus gloriosos comparsas na Inconfidência. Foi em sua praça principal que a cabeça que gerara a idéia sublime foi dada em pasto aos corvos, que em sua tarega deixaram-nos o símile da materialidade destruindo o idealismo. Foi numa das masmorras do despotismo vigente que exalou o último suspiro o constitucionalista da república sonhada, cujo lema ficaria gravado no coração mineiro como um imperativo de cultura, uma excitação à própria dignidade "Libertas quae sera tamen".

Foi nos lares de Vila Rica e em seus quartéis que se tramou converter o Brasil numa nação livre, habitada por homens livres. Capital de Minas colonial, ela seria também da nova Província do Império proclamado em 1822. Em seu majestoso recinto, à sombra dos templos magníficos, cultuando a liberdade e colaborando pela palavra dos seus estadistas e seus soldados na grandeza do Brasil, pondo em todas as suas manifestações um sentido profundamente nacional, Ouro Preto continuou a ser a terra sagrada do civismo, a Jerusalém da religião da liberdade e do patriotismo.

Em todas as horas em que as consciências se alarmavam pelo interesse público, a cidade heróica que desacatava Capitães-Generais e Imperadores, e cujas urnas só elogiam homens impolutos e de talentos, iluminou a terra mineira com os fulgores de uma conduta modelar.

Na constelação das Vilas do ouro, Mariana, Sabará, São João del-Rei e outras irmãs, ela tinha a categoria de Alfa. Além de rica como as outras, ela seria mais nobre pelos títulos da Arte e do civismo. A luz do espírito português atravessou o Oceano, varou as florestas, galgou as cordilheiras e foi resplandecer nos penedos ouro-pretanos, nessa fulguração decorativa, nas fascinantes orações arquitetônicas, no colorido bizarro das pinturas e no florescimento da poesia. Ouro Preto modelou o espírito de Minas. Educou o homem, preparou-o para a civilização e ensinou-lhe a dignidade. A aspereza de suas montanhas, a profundidade de seus abismos, a beleza dos seus panoramas enrijavam os indivíduos e obrigava-os a ter a cabeça levantada para poderem avistar o céu.

Fortes românticos, os homens de Vila Rica eram preparados para olhar com firmeza os obstáculos e defrontar, com energia moral, os cataclismos.

A velha cidade, como certas estrelas que, mesmo desaparecidas há milênios, ainda nos enviam a sua luz, continuou a brilhar lá no fundo de suas montanhas sagradas.

É um Santuário de recordações heróicas, mas sobretudo de poesia e de meditações. É a Terra de Marília de Dirceu.

Foi por isso que o Dr. Israel Pinheiro da Silva, que desde sua mocidade foi cultor das glórias da Inconfidência e da suave e triste poesia de Ouro Preto, teve a iniciativa desta edição.

Belo Horizonte, 2 de outubro "Santos Anjos" de 1967.
Augusto de Lima Júnior

PREFÁCIO À 3ª EDIÇÃO

A primeira edição desta obra trouxe como prefácio a seguinte carta:

"Rio de Janeiro, abril de 1936.

Exmo. Sr. Dr. Getúlio Vargas.

A história triste das desditas do poeta ouvidor de Vila Rica, Tomaz Antônio Gonzaga, é o que ides ler neste livro. Procuramos, em rápidos traços, contar ou reconstituir pelo desenho, aos que desconhecerem esse episódio sentimental da Inconfidência Mineira, o romance desgraçado de duas criaturas de eleição, cruciadas por longo e duro martírio.

A vida se torna cada vez mais materializada, mas no mundo haverá sempre um lugar para as almas idealistas e para as consciências delicadas, capazes de se enternecerem pelas coisas belas e generosas. É para elas que fizemos este livro, evocando do longínquo passado os amores de Dirceu e Marília, cujas cinzas ainda estão apartadas, em Vila Rica e em Moçambique. Entre essas almas, forradas de delicadeza e civismo, está a vossa e para ela, oferecendo este livro, é que viemos apelar, no sentido de colocar sob vosso alto patrocínio o pedido que fazemos em nome de todos os brasileiros dignos de uma reparação histórica aos mártires de 89.

Nesse malogrado movimento cívico, todas as classes se integraram num desejo ardente de fundar uma pátria livre, preparando, com a morte e sofrimentos dos principais apóstolos, a data gloriosa de 7 de setembro de 1822. Militares, agricultores, sacerdotes, advogados, magistrados, brasileiros e portugueses, não faltando mesmo a colaboração da raça negra, representada pela admirável renúncia e dedicação do preto Nicolau, escravo de Domingos de Abreu Vieira, deram à Conjuração Mineira o caráter da mais representativa de quantas, no Brasil, demonstraram nossa vocação de autonomia e o desejo de liberdade democrática, intrínseca à nossa formação.

Muitos desses heróis morreram no exílio em Portugal e na África, e o repatriamento de seus despojos é ato de justiça que constituirá uma lição de alto valor cívico para muitos desta geração, que se vão esquecendo de nossas glórias passadas, para se afundarem no mais grosseiro dos materialismos.

Vós, Sr. Dr. Getúlio Vargas, amigo dos escritores e dos artistas, compreendereis a razão deste pedido que vos dirigimos e vossas próprias mãos deverão depositar, na Sepultura nº 11 da Matriz de Antônio Dias, as escassas cinzas que forem encontradas no chão da Sé de Moçambique. E Deus Nosso Senhor há de permitir que, nesse dia, Dirceu e Marília desçam aos céus de Ouro Preto, para abençoarem o brasileiro ilustre que, com sua autoridade, tornou possível o sonho do poeta:

"Depois que nos ferir a mão da Morte
Ou seja neste monte, ou noutra serra,
Nossos corpos terão, terão a sorte,
De consumir os dois a mesma terra"...

O malogrado Dirceu afirmou que:
"As glórias que vêm tarde, já vêm frias."

Vós, porém, aquecereis essa glorificação tardia, com o ardor cívico de vosso coração de patriota.

AUGUSTO DE LIMA JÚNIOR
ÁLVARO MARTINS (Seth)

Atendendo a esse apelo, o presidente Getúlio Vargas determinou fosse publicado o Decreto nº 756-A do Ministério da Educação, assinado na Fazenda de S. Mateus, em Juiz de Fora, Minas, onde S. Exa. se encontrava em repouso, como hóspede do Deputado João de Rezende Tostes. O texto do decreto redigido pelo autor deste livro é o seguinte:

"O PRESIDENTE DA REPÚBLICA DOS ESTADOS UNIDOS DO BRASIL, considerando que a Conjuração Mineira de 1789 congregou, no mesmo ideal de autonomia política e de governo republicano, intelectuais, militares, sacerdotes, magistrados, agricultores, comerciantes e trabalhadores, brasileiros e portugueses e escravos africanos, todos identificados no anseio de fundar no Brasil uma pátria livre; e considerando que as pessoas envolvidas na conjuração, e denominadas historicamente Inconfidentes, sofreram duras penas de cárcere, degredo e martírio, sendo o Alferes Joaquim José da Silva Xavier, o Tiradentes, justamente proclamado o protomártir da Independência e da República; considerando que os despojos desses Inconfidentes, mortos, no exílio, não receberam a consagração de repousar em terra brasileira:

Resolve:

Art. 1.º — Fica autorizado o Ministro da Educação e Saúde Pública, em combinação com o das Relações Exteriores e o da Marinha, a providenciar para que, obtidas as permissões necessárias de quem de direito, sejam exumadas de suas sepulturas nas terras de degredo e transportadas para o Brasil as cinzas dos Inconfidentes, cujos nomes constam da sentença de 20 de abril de 1792 da Alçada Régia no Rio de Janeiro.

Art. 2º — À Cidade de Ouro Preto ficará confiada a guarda desses despojos que, depositados em monumento, receberão o culto cívico nacional.

UM ASPECTO COLONIAL DE VILA RICA

Art. 3º — Fica autorizado o Ministro da Educação e Saúde Pública a fazer a publicação dos autos do processo da Inconfidência Mineira e de todas as demais peças existentes em arquivos, relativas a esse fato histórico.

Art. 4º — As despesas decorrentes da execução deste decreto serão efetuadas por conta da Verba 6ª, Subconsignação nº 2 do Ministério das Relações Exteriores, da Verba 1ª Subconsignação nº 38 do Ministério da Educação e Saúde Pública.

Fazenda de S. Mateus, em Juiz de Fora, 20 de abril de 1936. — GETÚLIO VARGAS — Gustavo Capanema — José Carlos de Macedo Soares — H. Aristides Guilhem.

Encarregado de providenciar o repatriamento dos despojos dos Inconfidentes mortos no degredo, o autor deste livro obteve do Governo de Portugal todas as facilidades para o êxito de sua missão. Estes despojos estão hoje na Capela do Museu da Inconfidência em Ouro Preto, criado especialmente para esse fim.

CAPÍTULO I

A História de Minas Gerais é toda ela feita de movimentadas aventuras, de dramas tenebrosos, de lutas, de ambições, de tudo quanto a ferocidade humana aguçada pelo apetite do ouro pode oferecer nas épocas de barbaria. Desde as primeiras Bandeiras que passavam ensangüentando as rudes picadas, em cujas margens as ossadas branqueavam, marcando os grandes caminhos, ou os pousos abandonados; aos sinistros episódios do Sumidouro e do Fidalgo; à fome de 1700-1701, dizimando as massas de aventureiros; às lutas de paulistas e emboadas; ao Levante de 1720; às desgraças da vida nas minas de ouro, às tocaias, emboscadas, hecatombes de quilombolas e índios Mapaxós, tudo nessa movimentada história colonial, horroriza e empolga ao mesmo tempo.

Como tal gente, em tão ásperas cordilheiras, tivesse podido construir rapidamente uma civilização, requintando-a nas mais altas culminâncias de arte e pureza espiritual, como a que nos apresenta Minas Gerais, na segunda metade do Século XVIII, é o que causa espanto. Não que tivessem faltado, desde as primeiras horas do povoamento, a Vila Rica, as pompas que a riqueza pode dar, nem o bulício que a multidão esfaimada de ouro faz em suas concentrações. Mas era tudo adventício e desordenado, como num acampamento ocasional.

Depois de 1730, começaram as populações a enraizar-se; ergueram-se os solares, fixaram-se os latifúndios e as novas gerações cultuavam um amor à terra que já lhes era natal. Os costumes abrandavam-se e a vida de família emergia na corrupção aventureira, ostentando seus primeiros padrões de prestígio, pela nobreza do ofício, pela virtude que praticavam, ou pelo brilho da inteligência.

Espantosa sociedade recém-egressa da barbaria que atraía e sustentava artistas, que os enriquecia e honrava, facilitando-lhes a obra que a posteridade pode admirar embevecida. Vila Rica foi o tipo dessa civilização que se constituiu tão rapidamente no chamado território das Minas Gerais. Fundada em alcantiladas serras, onde o ouro se encontrava fácil e abundante; empinando ruas e ladeiras, ao sabor do acaso; fixando-se solares de pedra onde se fincara o rancho aventureiro, ela se formou ao léu, agarrada aos penhascos das cordilheiras, descendo ao fundo dos vales e estirando a perder de vista, pela linha de cumeada dos serrotes em que se divide, suas vias principais. Que aspecto teria Vila Rica na segunda metade do Século XVIII? Deixemos a resposta a Caio de Melo Franco, que no-la dá brilhantemente:

"Certamente quase o mesmo de hoje; uma fisionomia desolada e melancólica, em meio da desolação e da melancolia da paisagem. Pousada na encosta de dois contrafortes da Serra de Ouro Preto, junto a esse pelado Morro de S. Sebastião — freqüentemente se envolvia em nevoeiros e depressa mergulhava nas trevas, silenciosa e triste, nas noites compridas de inverno, desse mês de julho úmido e frio.

Pelo vale que os homens ávidos de ouro revolviam, corriam humildes os três pequenos regatos que, reunidos ao Córrego do Funil, constituem o Ribeirão do Carmo, cantado pelo poeta. Os regatos eram, na humildade e na riqueza, um símbolo dessa Minas. E lá seguiam os três, quase sem água no tempo da seca, tomando, no entanto, nas chuvas, proporções colossais e levando tudo de vencida no tumultuar do seu curso...

Mas já eram eles, os humildes regatos, vadeados pelas três fortes pontes de cantaria, que seriam imortalizadas pelo meigo Dirceu, numa de suas mais belas liras.

VILA RICA — A TERRA DE MARÍLIA

Toda a Vila Rica estava nestes três versos que o seu cantor compôs mais tarde, referindo-se a outro assunto, mas seguramente falando daquela paisagem:

"Do murmúrio das águas e do vento
Dando aos membros suave acolhimento,
O leve sono lhe deitava as asas".

As ruas estreitas, em declive rápido, cortavam o sopro. Difícil o caminhar por elas. Pelo andar, pela maneira penosa com que um homem grimpava ou descia as suas ladeiras, fácil era distinguir um estrangeiro. Em busca das igrejas, ou para as festas, em cadeirinhas, subiam as damas, pois impossível seria à fragilidade de pés pouco habituados à marcha, o trânsito em tão perigosas e escorregadias vielas.

Para as senhoras, uma subida representava grave problema; mas as cadeirinhas trafegavam ligeiras, com as cortinas baixas, apenas disfarçadamente afastadas de um milímetro, para deixar a vista a olhos curiosos, às vezes negros e ardentes que espreitavam, enchendo-se da visão rápida das coisas, armazenando cenas e paisagens, ansiosos ao menor incidente que serviria de passatempo, na narração ou no comentário, durante os intermináveis serões à roda dos enormes candeeiros de azeite.

Assim, com os varões pousados nos ombros fortes dos negros, lá iam cadeirinhas navegando no ar, sem conceder nunca na sua mobilidade o favor de um repouso aos olhos que espreitavam."

Ao longo dessas extensas e inclinadas ruas calçadas a marumbés, pequenas pedras redondas, quartzos rolados ou hematitas polidas pelo atrito, enfileirava-se vário casario, desde as habitações de modesta aparência, de um pavimento sobre a rua, com os fundos debruçados sobre abismos, suspensas por altíssimas pilastras, aos vastos sobrados abastados, cujos salões se ornavam de riquíssimos mobiliários, tapeçarias do Oriente, alfaias preciosas, porcelanas da China e baixelas de prata e ouro.

John Mawe, cientista inglês que visitou Minas em 1809, poucos anos depois da época a que nos referimos, quando a decadência já era real, dá-nos idéia do que seriam tempos anteriores, pelo que ainda pôde constatar. As casas de pessoas de alta sociedade em Vila Rica, segundo ele, eram muito mais cômodas e melhor mobiliadas que as do Rio de Janeiro e São Paulo, e a maior parte muito bem decoradas. Os leitos pareceram-lhe bastante elegantes, merecendo descrição particular. "Tinham os pés de bela madeira armados de esculturas, os lados sendo lisos e o fundo de madeira ou de couro. Os colchões de algodão; os lençóis de pano fino, enfeitados de renda de nove polegadas de largura, feitas no país."

"Cobria a almofada fina musselina, cujas extremidades eram também enfeitadas de rendas. Os travesseiros tinham as extremidades arredondadas e traziam capa de tafetá cor-de-rosa, coberta de bela musselina, guarnecida de renda larga que, sendo engomada e arranjada com cuidado, dava aparência riquíssima. Eram as colchas de damasco amarelo, bordadas como os lençóis e travesseiros. Acima do leito havia uma armação do mesmo estilo, em forma de dossel, mas sem cortinados." Declara o visitante nunca ter visto camas tão magníficas como as das pessoas ricas dessa Capitania, sem excetuar mesmo as da Europa, que eram de apuro desusado.

Essa sociedade de gosto requintado completava o gosto arquitetônico e a riqueza do mobiliário e alfaias, vivendo entre flores. O viajante citado diz que "os jardins eram plantados com muito gosto e a singularidade de seu arranjo oferecia espetáculo curioso. Como era difícil encontrarem-se nos flancos das montanhas espaços de trinta pés quadrados perfeitamente planos, remediaram esse inconveniente construindo tabuleiros uns acima dos outros, em distâncias iguais e sustentados por paredões pouco elevados, comunicando-se uns com os outros por meio de escadas." Esses terraços, diz Mawe, pareceram-lhe reino de Flora, pois nunca, dantes, vira tão grande quantidade de flores. Era uma esplêndida civilização que se ostentava na aurífera Vila Rica, com seus trinta mil habitantes, na maioria brancos, fartos e felizes.

Governar as Minas era coisa que Portugal deferia aos mais altos protegidos do favor real. Coisa curiosa. Esse favoritismo raramente se exercia com figuras inferiores ou indignas. Um Gomes Freire de Andrada, um Rodrigo César de Menezes, um Conde de Valadares, um D. Antônio de Noronha e outros de igual quilate sentiram em suas mãos as rédeas do Governo dessa terra do ouro. Era D. José Luís de Menezes, Conde de Valadares, um jovem de 25 anos que os informes que o tinham precedido haviam-no tornado simpático ao espírito público. Logo depois de empossado, sucedendo ao austero e moderado Luiz Diogo Lobo da Silva, eis que o novo Governador procura cercar-se dos homens de mais talento da Capitania, centralizando um intenso movimento intelectual que foi, sem dúvida, o mais importante do Brasil colonial: a Arcádia Mineira.

O Secretário do Governo era um poeta, Cláudio Manuel da Costa, brasileiro, nascido nos penhascos marianenses.

Abriram-se as portas do Palácio-Fortaleza de Gomes Freire de Andrada a uma luzida corte de intelectuais que ali eram aclamados por uma sociedade brilhante, que vestia sedas caras do Oriente, morava em faustosos palácios, andava em carruagens tiradas por puros-sangues e em cadeirinhas de charão.

O cravo e a espineta eram tocados por mãos lindas de fidalgas e as palestras requintavam de cultura e de encanto.

Comentavam-se os trabalhos que um certo mulato genial vinha executando na arquitetura, e travavam-se pelejas de argumentos sobre se os temas propostos para decoração por Manuel da Costa Ataíde, para tal igreja, deviam ou não ser aceitos.

José Luís de Menezes, Conde de Valadares, congregava, coordenava e estimulava o brilho social, tomava parte nele, merecendo os encômios do "Parnaso Obsequioso" de Cláudio e outras apologias que lhe consagraram.

O ouro continuava a sair da terra às toneladas, e a loucura coletiva pelos gozos da vida arrastava a todos. O fisco sentiu o déficit nas arrecadações. Falava-se em decadência das Minas, mas a opulência que se via em tudo e em todos parecia desmentir o que mostrava o decréscimo das rendas reais. Por todo o vasto território das Gerais, era a mineração o gênero principal do trabalho, a que se entregava a laboriosa população das montanhas. Cláudio Manuel, no poema "Vila Rica", retratou essa atividade;

"Em tanto o pátrio gênio lhe oferece
Por mão de destro artífice pintadas
Nas paredes, as férteis, dilatadas
Montanhas do país, e aqui lhe pinta,
Por ordem natural, clara e distinta,
A diferente forma de trabalho,
Com que o sábio mineiro, entre o cascalho
Busca o loiro metal; e com que passa
Logo a purificá-lo sobre a escassa
Tábua ou canal do liso bulinete;
Com que entre a negra areia ao depois mete
Todo o extraído pó nos lígneos vasos,
(Que uns mais côncavos são, outros mais rasos)
E aos golpes d'água, da matéria estranha

O separa e o divide; alta façanha,
De agudo engenho a máquina aparece,
Que desde a suma altura ao centro desce
Da profunda cata, e as águas chupa.

Vê-se outro mineiro, que se ocupa
Em penetrar por mina o duro monte,
Ao rumo oblíquo, ou reto; tem defronte
Da gruta que abre, a terra que extraíra;
Os lagrimais das águas que retira
Ao tanque artificioso logo solta;
Trazida a terra entre a corrente envolta,
Baixa as grades de ferro; ali parados
Os grossos esmeris são depurados,
Deixando ao dono em prêmio da fadiga
Os bons tesouros da fortuna amiga.

Entre serras este outro vai buscando
As betas de ouro; aquele vai trepando
Pelo escabroso monte, e as águas guia
Pelos canais, que lhe abre a pedra fria.
Não menos mostra o gênio a agricultura
Tão cara do país, aonde a dura
Força dos bois não geme ao grave arado;
Só do bom lavrador o braço armado
Derriba os matos e se ateia logo
Sobre a seca matéria, o ardente fogo."

O ambiente político identificava-se com o literário e toda Capitania sentia o bem-estar, isento de vexações, malgrado os primeiros sintomas do declínio do ouro que se faziam notar.

Em 1773, as mutações começaram a se operar com o Governador Antônio Carlos Furtado de Mendonça, agravando-se seguidamente até o ríspido e cruel Luís da Cunha Menezes, cuja figura Cláudio Manuel da Costa nos transmite no "Fanfarrão Minésio", das "Cartas Chilenas".

"Eu creio, Doroteu, que tu já leste,
Que um César dos Romanos pretendera
Vestir ao seu cavalo a nobre toga
Dos velhos senadores. Esta história
Pode servir de fábula que mostre
Que muitos homens, mais que as feras, brutos,
Na verdade conseguem grandes honras.
Mas ah! prezado Amigo, que ditosa
Não fora a nossa Chile, se antes visse
Adornado um cavalo com insígnias
De general supremo, do que ver-se
Obrigada a dobrar os seus joelhos
Na presença de um chefe, a quem os deuses
Somente deram a figura de homem!
Então, prezado Amigo, o néscio povo
Com fitas lhe enfeitara as negras crinas;
Ornara a estribaria com tapetes,
Com formosas pinturas, ricos panos
Bordados, reposteiros e cortinas;
Um dos grandes da terra lhe levara
Licor para beber em baldes d'ouro,
Outro lhe dera o milho em ricas salvas;
Mas sempre, Doroteu aqueles néscios,
Que ao bruto respeitassem, poderiam,
Servi-lo acautelados, e de sorte,
Que dar-lhes não pudesse um leve coice.
Eis aqui, Doroteu, o que nos nega

Uma heróica virtude. Um louco Chefe
O poder exercita do Monarca,
E os súditos não devem nem fugir-lhe,
Nem tirar-lhe da mão a injusta espada.

Mas, caro Doroteu, um chefe destes
Só vem para castigo de pecados.
Os deuses não carecem demandarem
Flagelos esquisitos; quase sempre
Nos punem com as cousas ordinárias.
O mundo inda não viu senão um corpo
Em branco sal mudado e só no Egito
Fez novas penas de Moisés a vara.
Perguntaras agora, que torpezas
Comete a nossa Chile, que mereça
Tão estranho flagelo? Não há homem
Que viva isento de delitos graves;
E aonde se amontoam os viventes
Em cidades ou vilas, aí crescem
Os crimes e as desordens aos milhares.
Talvez, prezado Amigo, que nós hoje
Sintamos os castigos dos insultos,
Que nossos pais fizeram: estes campos
Estão cobertos de insepultos ossos
De inumeráveis homens que mataram.
Aqui os europeus se divertiam
Em andarem à caça dos gentios.
Como à caça das feras, pelos matos.

Havia tal que dava seus cachorros,
Por diário sustento, humana carne;
Querendo desculpar tão grave culpa
Como dizer que os gentios, bem que tenham
A nossa semelhança, enquanto aos corpos,
Não eram como nós, enquanto às almas.
Que muito pois que Deus levante o braço,
E puna os descendentes de uns tiranos
Que, sem razão alguma e por capricho,
Espalharam na terra tanto sangue?"

Era, contudo, o apogeu da civilização mineira, sob todos os aspectos.

O recém-criado Bispado de Mariana ostentava brilhante Cabido e no clero citavam-se figuras de espantosa inteligência e ilustração, entre elas o Cônego Luiz Vieira, mais tarde morto no exílio.

As letras alinhavam como expoentes os nomes de Cláudio Manuel da Costa, José Caetano César Maniti, Diogo Ribeiro Pereira de Vasconcelos, Inácio José de Alvarenga, José Alves Maciel, Miguel Eugênio da Silva Mascarenhas, Francisco Gregório Pires Monteiro, José Elói Otoni e o Padre Martinho de Freitas Guimarães.

Abrutalhado, cruel, isolando-se da sociedade culta da Capitania, atrabiliário e duro, em pouco tempo esse mau Governador Luís da Cunha Menezes conseguiria precipitar na consciência coletiva da Capitania de Minas a idéia da independência do Brasil, que já se esboçava, empolgando nela inúmeros filhos do Reino, conquistados por essa admirável força misteriosa das terras brasileiras, que assimila instantaneamente o homem de todos os climas do mundo. Bastava habitar Minas para amar o Brasil acima de tudo.

A desorganização administrativa, as extorsões do fisco começavam a desorientar. A dívida com a Coroa portuguesa crescia, e com ela a revolta.

Conspirava-se em toda a parte, e os intelectuais da Capitania, ligados a um alferes iluminado, sonhavam com a liberdade e a criação de uma Pátria nova, altiva e próspera, que havia de nascer de uma arrancada heróica nos píncaros de Minas.

Vila Rica tramava nos salões e nos casebres a idéia redentora. Foi nessa Vila Rica opulenta e agitada que, em 1782, quando ainda a governava o sereno D. Rodrigo José de Menezes, foi Tomaz Antônio Gonzaga exercer o cargo de Ouvidor. Nascido na Cidade do Porto em 11 de agosto de 1744, de pai brasileiro, o Desembargador João Bernardo Gonzaga, e de mãe portuguesa, D. Tomázia Isabel, batizara-se em 2 de setembro, na Igreja de Miragaia, na Cidade do Porto.

O velho desembargador seu pai, depois de ter exercido a magistratura no cargo de Juiz-de-Fora, de Angola, Cabo Verde e Baía, [1] chegara ao final de sua carreira na Relação do Porto. Tão rápidos foram os estudos do pequeno Tomaz Antônio, que logo houve mister encaminhá-lo a Coimbra, onde, em 1768, com dezenove anos apenas, recebia o grau de doutor em leis pela ilustre Universidade. Pretendendo ingressar na cátedra, inscreveu-se o jovem bacharel no Livro dos Opositores, isto é, dos candidatos ao magistério, apresentando uma obra sobre Filosofia do Direito.[2] Receando delongas em seu aproveitamento na Universidade, para não retardar sua carreira, encaminhou-se para a magistratura. Bafejou a fortuna nos primeiros anos, a carreira do homem a quem mais tarde dores supremas haviam de afligir. Em

1. "Onde passei a flor de minha idade", Gonzaga, Lira.

2. "Tratado de Direito Natural", Esse precioso manuscrito pertenceu ao saudoso mineiro Lindolfo Gomes.

pouco tempo galgava o Bacharel Gonzaga as etapas da juizança, servindo a várias comarcas em Portugal, entre elas a de Beja, e conseguindo aos 38 anos de idade o posto de Ouvidor de Vila Rica, a mais honrosa e apetecida investidura que se podia apresentar a um jovem magistrado.

Em dezembro do dito ano, empossava-se Tomaz Antônio Gonzaga no cargo, ao qual se juntavam as atribuições de Provedor dos bens de defuntos e ausentes, capelas e resíduos, conforme Alvará de 25 de maio de 1785, que mandou cumprir a Provisão que lhe expedira a Mesa de Consciência e Ordens.

Atravessando o oceano, varando as extensas léguas que a separam do Rio de Janeiro, Tomaz Antônio Gonzaga teve a surpresa de encontrar em Vila Rica, não só uma civilização material opulenta, como um ambiente social de cultura e espiritualidade.

O Rio de Janeiro, onde aportara, deixara-lhe a impressão horrível que apresentava a quantos aí chegavam, isto é, um sujo amontoado de mercadores, embarcadiços e negros.

Quão, pois, violento seria esse contraste com os requintes da Vila Rica, engalanada capital da Capitania do ouro, habitada por homens de elite e uma sociedade feminina branca e polida!

Em aí chegando, natural se tornou que uma pronta amizade o ligasse a Cláudio Manuel da Costa, que há pouco deixara os cargos de Secretário do Governo e Procurador da Real Fazenda, poeta apreciado, prestigioso e acatado advogado, nesse tempo aureolado, ainda, pelas cãs de uma idade provecta, orçando pelas imediações de sexagenário.

Era a casa de Cláudio Manuel da Costa, o centro onde se reuniam as figuras mais conspícuas da cidade e, principalmente, o pugilo de intelectuais que então já se coordenavam no sonho da Independência.

Dentro em pouco, nesse justo tempo que sucedeu à chegada de Gonzaga a Ouro Preto, traçaria Cláudio Manuel da Costa as famosas "Cartas Chilenas", onde o poeta das "liras" já figura, ora como "Doroteu", ora como "Dirceu".

Existisse ou não uma Arcádia Ultramarina, filiada à Arcádia Romana, em Vila Rica culminavam os "pastores" Glauceste Satúrnio, ou seja Cláudio Manuel da Costa; Dirceu, pseudônimo que adotara Tomaz Antônio Gonzaga e Alceu, com que se cobria Inácio José de Alvarenga.

A sociedade de Vila Rica não regateou ao novo Ouvidor as homenagens que se deviam a titulares de tanto relevo.

Esse, porém, que agora ali aportava, tinha, além da investidura, outros dotes que dantes não coincidiam com um Ouvidor. Jovem, ainda na idade da plenitude masculina, formoso, de rosto delicado, nariz bem feito, testa larga onde caíam madeixas de belo cabelo louro; porte elegante e mais elegante o trajar de apurado gosto, desde o casaco cor de vinagre, calções e blusa de seda fina, os sapatos baixos, sempre brunidos, onde luzia bonita fivela. Tudo isso num Ouvidor era sucesso raro... E quanta coisa mais, ainda! Uma cultura clássica aprimorada, que os versados da terra iam constatando desde as primeiras horas; a fama de fazer bons versos, quando ainda em Coimbra, e as deliciosas palestras que ele sabia entreter, fizeram de Tomaz Antônio Gonzaga uma figura de destaque entre a gente de prol, em Vila Rica.

O Governador Luís da Cunha Menezes, ríspido e reservado, cercado de hostilidade em sua capital, não o podendo ter a seus caprichos, abriu-lhe guerra imediata, acusando-o de má conduta, ganâncias e desatinos.

O fino Gonzaga soube armar-se contra o esquisito delegado del-Rei, com o qual não tardou a romper relações pessoais. E desabafava suas queixas com Cláudio Manuel da Costa, ouvindo em primeira mão as sátiras com que este fulminava os ridículos e as perversidades do Governador. Andavam, então, as "Cartas Chilenas" de Critilo, sendo lidas nas pontes, nos adros de igrejas e nos salões da cidade, enfurecendo o alvejado, que fingia não se aperceber de quem seriam aqueles retratos e desmandos celebrados. Mas espumava de cólera, às escondidas...

Gonzaga, confidente e amigo de Cláudio Manuel, parecia, como ele, indene ao amor. Que tal não se poderia chamar o sentimento que unira, clandestinamente, o poeta a uma anônima mulher do povo, com a qual tinha vários filhos.

O sonho de Cláudio Manuel era uma Nize ideal, que não encontrara nas brumas do pátrio rio que ele, velho, procurava ainda ansiado:

"Nize, ó Nize, onde estás? Aonde? Aonde?

Tomaz Antônio Gonzaga atingira os 38 anos sem fixar-se em nenhum amor. Teria sentido antes algum sentimento completo, capaz desse nome, ou simples impressões fugazes? Talvez estas, que soubemos por ele próprio, porque não se conhecem seus poemas anteriores ao amor por Marília:

"Numa noite sossegado
Velhos papéis revolvia,
E por ver de que tratavam,
Um por um a todos lia.

Eram cópias emendadas
De quantos versos melhores
Eu compus na tenra idade
A meus diversos amores.

Aqui leio justas queixas
Contra a ventura formadas.
Leio excessos mal aceitos.
Doces promessas quebradas.

Vendo sem razão tamanhas,
Eu exclamo transportado:
— Que finezas tão mal feitas!
Que tempo tão mal passado!

Junto, pois, num grande monte
Os soltos papéis, e logo,
Porque relíquias não fiquem,
Os intento pôr no fogo.

Então vejo que o Deus cego,
Com semblante carregado
Assim me fala e crimina
O meu intento acertado!

— Queres queimar esses versos?
Dize, pastor atrevido,
Essas liras não te foram
Inspiradas por Cupido?

Achas que de tais amores
Não deve existir memória?
Sepultando esses triunfos,
Não roubas a minha glória?

Disse Amor; e mal se cala,
Nos seus ombros a mão pondo,
Com um semblante sereno
Assim à queixa respondo:

Depois, Amor, de me dares
A minha Marília bela,

Devo guardar umas liras
Que não são em honra dela?

E que importa, Amor, que importa,
Que a estes papéis destrua,
Se é tua esta mão que os rasga,
Se a chama que os queima é tua?"

Apenas Amor me escuta,
Manda que os lance nas brasas;
E ergue a chama com o vento
Que formou batendo as asas."

Tomaz Antônio Gonzaga, ao chegar a Vila Rica, investido da qualidade de Ouvidor, fora habitar uma magnífica residência na Ladeira de Antônio Dias, fronteira ao largo, onde, no momento de sua chegada se estava construindo a Capela de São Francisco de Assis.

Pela dificuldade de obter decente moradia para os magistrados que, periodicamente, iam exercer seu ofício em Vila Rica, adquirira, o Governo, essa nobre casa, que, além de otimamente guarnecida de móveis de qualidade, tinha largueza, rematando o conforto com vasto quintal de que grande parte era jardim, onde uma fonte romana, em cantaria, oferecia com sua cúpula agradável repouso ao ar livre.

Aí se instalou Gonzaga, logo após sua posse no cargo, em princípios de 1783.

Foi nessa casa, que a alma do Ouvidor, que parecia forrada de resistência aos grandes amores, viu-se um dia presa de tremenda paixão por uma donzela de 15 anos, que lhe inspirou os formosos poemas que tornaram célebre a sua beleza e enternecem, ainda hoje, com a dolorosa história de seus amores sacrificados por um destino cruel e implacável.

Maria Dorotéia Joaquina de Seixas, alvo dessa paixão era uma das filhas do Capitão de Cavalaria de Vila Rica, Baltazar Mayrink, e sua mulher, D. Maria Dorotéia Joaquina de Seixas. Enviuvando, o Capitão Baltazar Mayrink retirou-se da atividade militar indo para sua fazenda do "Fundão das Goiabas". [3]

Entregou os cinco filhos menores aos cuidados de suas cunhadas solteiras D. Tereza Matilde e D. Catarina Leonor, que com seus irmãos, também solteiros, o Dr. Bernardo da Silva Ferrão e o Tenente-Coronel João Carlos Xavier da Silva Ferrão, habitavam a Casa Grande. Era esta, segundo descrição de Tomaz Brandão, "um prédio de construção simples e aspecto severo, de um só pavimento, assentado sobre base alta.[4]

Tinha na fachada oito janelas amplas, envidraçadas, e no centro destas a porta principal, com patamar a que se subia por uma escada de pedra de poucos degraus. A área que a circundava era toda murada de pedra e ocupada por horta, jardim e pátio. Havia ali senzalas, cavalariças e coberta para resguardo de carruagens e arreios. No interior havia muitos quartos, salas espaçosas e mais compartimentos acessórios. Em frente à sala-de-visitas ficava a capela da família."

Completemos estes prolegômenos, ainda, com palavras do historiador abalizado de Marília de Dirceu, sobre os moradores da "Casa Grande": "Gente rica, fidalga e palaciana, era visitada pelos magnatas da terra, inclusive os governadores da Capitania. Os casamentos e batizados de membros da família eram feitos de ordinário na capela do palácio, como atestam assentos paroquiais nas duas freguesias."

3. Denomina-se hoje "Fazenda dos Mayrinks" e está situada a pequena distância de Lafaiete. E. F. C. B.

4. Salomão de Vasconcellos demonstrou com argumentos irrefutáveis que a casa onde habitava Marília aos tempos dos amores com Gonzaga era a bela construção que tem à frente o chafariz.

Rápidas foram as boas relações de Tomaz Antônio Gonzaga em Vila Rica e entre as primeiras, incluíam-se as da "Casa Grande".

Sem tardança, o Ouvidor, até ali pouco dado aos delírios amorosos, viu-se prontamente fulminado pelos encantos de Maria Dorotéia:

"Mal vi o teu rosto,
Meu sangue gelou-se,
E a língua prendeu-se;
Tremi e mudou-se
Das faces a cor." [5]

Desde esse instante desatou o estro insigne do já então Árcade "Dirceu", cantando à doce amada que ele apelidara "Marília", conforme a voga entre os poetas, de darem um pseudônimo de sua predileção ao objeto de seus amores. Vinha violenta essa paixão tardia e que havia de acabar tão desgraçadamente.

Todo o anseio de expectativa feliz exalava-se em poemas desde o fiel retrato da jovem Dorotéia:

"Os seus compridos cabelos
Que sobre as costas ondeiam,
São que os de Apolo mais belos,
Mas de loura cor não são.
Têm a cor da negra noite,
E, como o branco do rosto,

5. Gonzaga — Lira. Quase todas as liras que compõem a 1ª parte foram postas em música pelo maestro português Marcos Portugal e eram cantadas em Lisboa com grande sucesso, estando Gonzaga em Vila Rica.

Fazem Marília um composto
Da mais formosa união.

Tem redonda e lisa a testa,
Arqueadas sobrancelhas,
A voz meiga, a vista honesta,
E seus olhos são uns sóis.
Aqui vence amor ao céu,
Que no dia luminoso,
O céu tem um sol formoso
E o travesso Amor tem dois.

Na sua face mimosa
Marília, estão misturados
Purpúreas folhas de rosa,
Brancas folhas de jasmim.
Dos rubis mais preciosos
Os seus beiços são formados;
Os seus dentes delicados
São pedaços de marfim.

Mal vi seu rosto perfeito,
Dei logo um suspiro, e ele
Conheceu haver-me feito
Estrago no coração.
Punha em mim os olhos, quando
Entendia eu não olhava;
Vendo que o via baixava
A modesta vista ao chão.

MARÍLIA AOS 19 ANOS

"Se encontrares louvada uma beleza,
Marília, não lhe invejes a ventura,
Que tens quem leve à mais remota idade
A tua formosura"

Chamei-lhe em dia formoso.
Ele, ouvindo seus louvores,
Se sorriu e não falou.
Pintei-lhe outra vez o estado
Em que estava esta alma posta;
Não me deu também resposta,
Constrangeu-se e suspirou.

Conheço os sinais e logo,
Animado da esperança,
Busco dar um desafogo
Ao cansado coração.
Pego em seus dedos nevados,
E, querendo dar-lhe um beijo,
Cobriu-se todo de pejo
E fugiu-me com a mão.
Tu, Marília, agora vendo
Do Amor o lindo retrato,
Contigo estarás dizendo
Que é este o retrato teu."

Eis como começaram os amores de Gonzaga e Dorotéia, como tão delicadamente nos aparece pelo depoimento do poeta. Como era lindo o amor no Século XVIII!

CAPÍTULO II

A conquista de Maria Dorotéia não foi obra de um momento. Enquanto o coração ardente do poeta se entregava, instantaneamente, aos arroubos de uma paixão que lhe dominava inteiramente o ser, Dorotéia perturbava-se com aquele imprevisto adorador, muito mais velho do que ela, ocupando um alto cargo na magistratura.

No começo veria, apenas, como carinhosas expansões sem objetivo, simples jogo de palavras, esses poemas onde se falava em Marília, e não em Maria Dorotéia...

Tomou por gracejo que o poeta a identificasse com a feliz criatura a quem se dirigiam tão fervorosas súplicas. Gonzaga, ao mesmo tempo, procurava responder às possíveis objeções que sua idade e condição pudessem ocorrer no espírito da formosa moradora da Casa Grande:

[1] "Eu, Marília, não sou algum vaqueiro,
que viva de guardar alheio gado,
De tosco trato, de expressões grosseiro,
Dos frios gelos e dos sóis queimado.
Tenho próprio casal, e nele assisto;
Dá-me vinho, legume, fruta, azeite;
Das brancas ovelhinhas tiro o leite,
E mais as finas lãs, de que me visto.
Graças, Marília bela,
Graças à minha estrela!

1. Gonzaga — Lira.

Eu vi o meu semblante numa fonte,
Dos anos inda não está cortado;
Os pastores que habitam este monte
Respeitam o poder do meu cajado;
Com tal destreza toco a sanfoninha,
Que inveja até me tem o próprio Alceste;
Ao som dela concerto a voz celeste;
Nem canto letra que não seja minha.
Graças, Marília bela,
Graças à minha estrela!
Mas, tendo tantos dotes da ventura,
Só apreço lhes dou, gentil pastora,
Depois que o teu afeto me segura
Que queres do que tenho, ser senhora.
É bom, minha Marília, é bom ser dono
De um rebanho, que cubra monte e prado;
Porém gentil pastora, o teu agrado
Vale mais que um rebanho, e mais que um trono.
Graças, Marília bela
Graças à minha estrela!

Os teus olhos espalham luz divina
A quem a luz do sol em vão se atreve;
Papoula, ou rosa delicada e fina,
Te cobre as faces, que são cor da neve.
Os teus cabelos uns fios d'ouro,
Teu lindo corpo bálsamos vapora...

Ah! não, não fez o céu, gentil pastora,
Para a glória de amor igual tesouro.
Graças, Marília bela,
Graças à minha estrela!

Leve-me a sementeira muito embora
O rio sobre os campos levantado;
Acabe, acabe a peste matadora,
Sem deixar uma rês, o nédio gado.

Já destes bens, Marília, não preciso...
Nem me cega a paixão que o mundo arrasta:
Para viver feliz, Marília, basta
Que os olhos movas e me dês um riso
Graças, Marília bela,
Graças à minha estrela!

Irás a divertir-te na floresta,
Sustentada, Marília, no meu braço;
Aqui descansarei a quente sesta,
Dormindo um leve sono em teu regaço;
Enquanto a luta jogam os pastores,
E emparelhados correm nas campinas,
Toucarei teus cabelos de boninas,
Nos troncos gravarei os teus louvores.
Graças, Marília bela,
Graças à minha estrela!

Depois que nos ferir a mão da morte,
Ou seja neste monte, ou noutra serra,

Nossos corpos terão, terão a sorte
De consumir, os dois, a mesma terra.
Na campa, rodeada de ciprestes,
Lerão estas palavras os pastores:
— "Quem quiser ser feliz nos seus amores,
Siga os exemplos que nos deram estes."
Graças, Marília bela,
Graças à minha estrela!"

Dorotéia, no verdor dos anos, reqüestada por quantos, em Vila Rica, fossem considerados de casamento igual, isto é, de abastança e nível social equivalentes, demorou em ceder o coração ao sentimento que as "Liras" do Ouvidor lhe iam instilando na alma.

Toda a Vila Rica sabia a quem se dirigiam os poemas de Gonzaga, que andavam de mão em mão, copiados, recopiados, recitados e cantados com música de Marcos Portugal, em todos os salões, nas conversas de ponte, nos adros de igreja.

Gonzaga lia-os a Dorotéia, na própria "Casa Grande", onde ia em visitas freqüentes.

Nas reuniões costumeiras na residência de Cláudio Manuel da Costa, eram esses poemas celebrados e aguardados cada dia com ansiedade.

Marília cedera, afinal, e já ouvira a furtiva mas ardente declaração de amor e a formal manifestação de um propósito de casamento.

A vizinhança do prédio em que morava uma sua tia, D. Antônia Cláudia, casada com Luiz Antônio Saião, veio favorecer a ocasião propícia.

Confinavam os respectivos quintais, e os jardins, situados em plano decrescente, eram separados por muralhas,

A CASA DE GONZAGA EM VILA RICA

estando o da casa de Gonzaga mais alto quatro ou cinco metros que o da vizinha. Afirma Tomas Brandão ter sido esse local que propiciou mais íntimo encontro e onde o fervor do poeta demoveu a resistência de Dorotéia.

Sobre o muro divisório, enquanto a jovem amada, suas irmãs e primas divertiam-se no quintal da casa de Luiz Saião, Gonzaga postava-se recitando-lhes os poemas de amor que vinha compondo à eleita de seu coração.

Dois anos se passaram nessa angustiosa conquista, obstada pelas sugestões e conselhos dos tios e tias de Dorotéia, que não viam em Gonzaga um homem capaz de fazer a felicidade da sobrinha. Egoísmo do afeto, lembravam-se eles que o cargo de Ouvidor era temporário e que depois de findar o período legal, a remoção de Gonzaga lhes arrebataria a sobrinha tão querida.

Os amores do poeta com a jovem ouro-pretana tinham corrido mundo e toda a Capitania os conhecia e comentava.

Gonzaga percebia a discreta resistência dos moradores da "Casa Grande" em facilitar um pedido de casamento.

O poeta via o tempo passar, sem conseguir de Marília a permissão de pedi-la.

Melhor do que ninguém, sabia ela das resistências opostas pelos seus a esse consórcio e temia que, repelido, num gesto de dignidade abandonasse-a o poeta, indo talvez tecer loas a outra famosa beldade de Vila Rica, possuidora de carruagens e parelhas de luxo. Chegou talvez a manifestar esses receios ao namorado, que a tranqüilizou e estimulou a aceder a seus rogos, acenando-lhe com a imortalidade da glória, que afinal foi a única coisa que restou desse amor infeliz:

"Muito embora, Marília, muito embora
Outra beleza que não seja a tua,
Com a vermelha roda a seis puxada,
        Faça tremer a rua;

Que as paredes da sala aonde habita
Adorne a seda e o tremó dourado;
Pendam largas cortinas, penda o lustre
Do teto apainelado,

Tu não habitarás palácios grandes
Nem andarás em coches voadores;
Porém terás um vate que te preze
E cante teus louvores.

O tempo não respeita a formosura
E da pálida morte a mão tirana
Arrasa os edifícios dos Augustos
Bem como a vil choupana.

Que belezas, Marília, floresceram
De que não temos nem sequer memória!
Só podem conservar um nome eterno
Os versos ou a história.

Se não houvesse Tasso nem Petrarca
Por mais que qualquer delas fosse linda,
Já não sabia o mundo se existiram
Nem Luara, nem Clarinda.

É melhor, minha bela, ser lembrada
Por quantos hão de vir, sábios humanos,
Do que ter urcos, coches e tesouros,
Que morrem com os anos."

Era seu estro poético a arma com que se defendia junto à bem-amada, dos mil argumentos que a astúcia doméstica ou a intrigalhada de comadres (oh! as comadres de Ouro Preto!) armavam contra seus projetos de casamento:

"Tu não verás, Marília, cem cativos
Tirarem o cascalho e a rica terra
Ou dos cercos dos rios caudalosos,
Ou da minada serra.

Não verás derrubar as virgens matas,
Queimar as capoeiras inda novas,
Servir de adubo à terra a fértil cinza,
Lançar os grãos nas covas.

Não verás enrolar negros pacotes
Das secas folhas do cheiroso fumo,
Nem espremer entre as dentadas rodas
Da doce cana o sumo.

Verás em cima da espaçosa mesa
Altos volumes de enredados feitos,
Ver-me-ás folhear os grandes livros
E decidir os pleitos.

Enquanto revolver os meus consultos,
Tu me farás gostosa companhia,
Lendo os fatos da sábia, mestra história
E os cantos da poesia.

Lerás em voz alta a imagem bela;
Eu, vendo que lhe dás o justo apreço,

Gostoso tornarei a ler de novo
O cansado processo.

Se encontrares louvada uma beleza,
Marília, não lhe invejes a ventura,
Que tens quem leve à mais remota idade
A tua formosura."

Baudelaire, alguns anos depois, escreveria não pretender que a "alegria não pudesse se associar com a beleza; afirmou, porém, que ela é um dos ornamentos mais vulgares, enquanto a melancolia, é por assim dizer a ilustre companheira do Belo, não admitindo um tipo de beleza onde não existisse uma desgraça."

O conceito doentio, acima expresso, contém sem dúvida uma parte grande de verdade. São os amores infelizes ou difíceis os mais fortes inspiradores dos poetas, e nesse caso de Gonzaga, a resistência de Dorotéia cruciando-lhe o peito foi talvez a causa dessa florescência de poemas líricos que um namoro fácil, seguido de um casamento burguês, não teria propiciado. Todos os cantos que pertencem a essa fase difícil e incerta que precedeu o noivado oficial em 1786, demonstram as cruéis torturas íntimas do poeta. Ele receava que o próprio tempo lhe arrebatasse a amada; receava a velhice, as desgraças; tinha uma secreta premonição do futuro e, apavorado, dirigia a Marília a Lira XIII, como um *Carpe Diem* horaciano:

"Minha bela Marília, tudo passa;
A sorte deste mundo é mal segura;
Se vem depois dos males a ventura,
Vem depois dos prazeres a desgraça.
Estão os mesmos deuses

Sujeitos ao poder do ímpio fado:
Apolo já fugiu do céu brilhante,
Já foi pastor de gado.

A devorante mão da negra morte
Acaba de roubar o bem que temos;
Até na triste campa não podemos
Zombar do braço da inconstante sorte;
Qual fica no sepulcro;
Que seus avós ergueram, descansado,
Qual no campo, e lhe arranca os brancos ossos,
Ferro do torto arado.

Ah! enquanto os destinos impiedosos
Não voltam contra nós a face irada,
Façamos sim, façamos, doce amada,
Os nossos breves dias mais ditosos:
Um coração que, frouxo,
A grata posse de seu bem difere,
A si, Marília, a si somente rouba,
E a si próprio fere.

Ornemos nossas testas com as flores;
E façamos de feno um brando leito,
Prendamo-nos, Marília, em laço estreito,
Gozemos do prazer de sãos amores.
Sobre as nossas cabeças,
Sem que o possam deter, o tempo corre;
E para nós o tempo que se passa
Também, Marília, morre.

O POETA GONZAGA
"Eu vi o meu semblante numa fonte,
"Dos anos inda não está cortado..."

Com os anos, Marília, o gosto falta,
E se entorpece o corpo já cansado;
Triste e velho cordeiro está deitado,
E o leve filho sempre alegre salta;
  A mesma formosura
É dote que só goza a mocidade;
Rugam-se as faces, o cabelo alveja,
  Mal chega a longa idade.

Que havemos de esperar, Marília bela?
Que vão passando os florescentes dias?
As glórias que vêm tarde já vêm frias;
E pode, enfim, mudar-se a nossa estrela.
  Ah! não, minha Marília,
Aproveite-se o tempo, antes que faça
O estrago de roubar ao corpo as forças,
  E ao semblante a graça."

Tomaz Antônio Gonzaga amava como um jovem de vinte anos, mas temperava esse amor com o pessimismo dos homens maduros.

Esse pavor de perder a ventura, essa quase certeza dos maus dias futuros, a pressa de realizar o ideal, certo de que a demora importava em sua perda, vinham-lhe desse sexto sentido que é peculiar aos que têm a centelha do gênio poético, uma como que penetração inconsciente nos mistérios da existência humana.

"As glórias que vêm tarde já vêm frias", exclamava o poeta! Haviam de chegar essas glórias quando ele não as pudesse conhecer e a preço de um sofrimento cruel, capaz

FONTE ROMANA NO JARDIM DE GONZAGA

de convencer o observador de que Baudelaire é quem tinha razão.

Scipio Sighele diz que "a alma apaixonada ignora o dote da alma equilibrada, que é o senso da medida". Gonzaga não podia tê-lo. Toda sua vida concentrava-se naquele amor por Marília; todos os seus atos se dirigiam a ela, pensava em versos, nos quais a cantava, suplicava, exaltava, numa absorção absoluta pelo ideal que tinha concretizado em Maria Dorotéia Joaquina de Seixas:

"Minha Marília
Tu enfadada?
Que mão ousada
Perturbar pode
A paz sagrada
Do peito teu?
Porém, que muito
Que irado esteja
O teu semblante...
Também troveja
O claro céu...

Eu sei, Marília
Que outra pastora,
A toda hora,
Em toda a parte,
Cega namora
Ao teu pastor.
Há sempre fumo
Aonde há fogo:

Assim Marília,
Há zelos, logo
Que existe amor.

Olha, Marília,
Na fonte pura
A tua alvura,
A tua boca,
E a compostura
Das mais feições.
Quem tem teu rosto
Ah! não receia
Que terno amante
Solte a cadeia,
Quebre os grilhões.

Não anda Laura
Nestas campinas
Sem as boninas
No seu cabelo,
Sem peles finas
No seu jubão.
Porém, que importa?
O rico asseio
Não dá, Marília,
Ao rosto feio
A perfeição."

Buscava-a, seguia-a por toda a parte. Na "Casa Grande", nas igrejas, nas festas, não a deixava nunca, e ela, dominada enfim, passou a viver dentro do sonho, embalada pelas liras do amante apaixonado. A família cedeu. Gonzaga fez-se noivo oficial em 1786 e, identificado com a terra natal daquela que no mundo representava tudo para ele, tornou-se conspirador pela independência da pátria que adotara, porque essa pátria era de Marília.

Numa bela noite de junho de 1786, o solar dos Ferrões iluminara-se festivamente. Na grande sala de receber, encontravam-se os nomes mais ilustres da nobreza civil, militar e eclesiástica da Capitania. As mais lindas e perfumadas flores dos jardins de Vila Rica enchiam os grandes jarrões de porcelana chinesa, postos sobre consolos, entre os candelabros onde se acendiam, dentro das mangas de vidro, numerosas velas de alvíssima cera. Marília, cercada de seus parentes e amigos, aguardava a hora da chegada de Tomaz Gonzaga que, perante a fina sociedade ali reunida, faria por seus padrinhos o pedido oficial de casamento, cujo assentimento seria imediatamente comunicado aos presentes. Em formoso vestido branco de cambraia, trazendo às orelhas valiosíssimos brincos de ouro e pedras raras, emoldurado o lindo rosto pelos negros cabelos que lhe desciam sobre os ombros, era a jovem Dorotéia alvo das admirações gerais. De quando em quando, ou a noiva, ou alguma de suas mais prendadas amigas, assentava-se à espineta e acompanhava-se numa das cavatinas de Jomelli ou Piccini, então muito em voga. Maria Dorotéia colhia aplausos pela emoção com que cantara a romanza de Martini:

"*Plaisir d'amour ne dure qu'un moment,*

Chagrin d'amour dure toute la vie",

quando se anunciou a chegada de Tomaz Gonzaga, acompanhado de seus amigos, Cláudio Manuel, Gregório Pires Monteiro, João Rodrigues de Macedo e Inácio de Alvarenga.

O ouvidor apaixonado via atingido o grande dia. Tinha nas mãos um amarrado de rosas vermelhas, colhidas em seu jardim. Esmerara-se no trato pessoal e no apuro de trajar, por disfarçar a diferença de idade que o separava da linda criança, cujos esponsais ia contratar. Trazia casaca, véstia, calção de seda amarelo tostado, com pescocinho de cambraia rendada, a gravata cor de flor de pessegueiro, tudo caseado a fio de prata. Meias de seda branca, sapatos de duraque com fivela de prata, e à cinta, pendente, um espadim dourado, além do chapéu próprio, completavam a indumentária de gala do romântico magistrado. Depois dos primeiros cumprimentos no patamar da escada, recebidos pelo Tenente-Coronel João Carlos Ferrão, foram os recém-chegados introduzidos na saleta, onde se achava o Capitão Baltazar Mayrink, cercado de seus cunhados, para ouvir, conforme era de uso, o "pedido da mão de Dorotéia", em nome de Tomaz Gonzaga, que lhe ia fazer Cláudio Manuel da Costa.

Chamou-se então a indicada, a quem seu pai transmitiu o que acabava de ouvir do paraninfo.

Mal pôde ela balbuciar um "sim", ruborizada de pudor, ao que seguiu tomar-lhe Gonzaga as mãos, beijando-lhe a ponta dos dedos. Depois, no salão, foram apresentados os "noivos oficiais", saudados pelos presentes com palmas e cobertos de pétalas de rosas, gardênias e folhas de manjericão.[2]

Vencera, afinal, Gonzaga, uma etapa difícil.

Dominador de mil resistências que ele supunha definitivamente afastadas, penetrando alfim, na ventura perpétua.

Ele sentia-se triunfador depois do quanto sofrera nas horas amargas da dúvida e do receio de ver desvanecerem-se

2. Era esse o uso tradicional de um pedido de casamento em Minas, até poucos anos atrás.

seus sonhos de amor. Com que orgulho e alegria teria composto a Lira XXVII, torneando-a, relendo-a, e horas tardas, apagando o candeeiro de azeite e, da sacada, olhando ao longe o vulto da "Casa Grande", onde Marília dormia placidamente àquela hora, prelibaria o prazer de, no dia seguinte, à tarde, no meio da sala, com a família reunida e Marília fitando-o com seus lindos olhos, dizer o seu canto de triunfo:

"Alexandre, Marília, qual o rio
Que engrossando no inverno tudo arrasa,
Na frente das coortes,
Cerca, vence, abrasa
As cidades mais fortes...

Foi por na glória das armas o primeiro:
Morreu na flor dos anos, e já tinha
Vencido o mundo inteiro.

Mas este bom soldado, cujo nome
Não há poder algum que não abata,
Foi, Marília, somente
Um ditoso pirata,
Um salteador valente.

Se não tem uma fama baixa e escura,
Foi por se pôr ao lado da injustiça
A insolente ventura.

O grande César, cujo nome voa,
À sua mesma pátria a fé quebranta;
Na mão a espada toma,

Oprime-lhe a garganta,
Dá senhores a Roma,

Consegue ser herói por um delito!...
Se acaso não vencesse, então seria
Um vil traidor proscrito!

O ser herói, Marília, não consiste
Em queimar os impérios; move a guerra,
Espalha o sangue humano,
E despovoa a terra
Também o mau tirano.

Consiste o ser herói em viver justo;
E tanto pode ser herói o pobre,
Como o maior Augusto.

Eu é que sou herói, Marília bela,
Seguindo da virtude a honrosa estrada;
Ganhei, ganhei um trono
Ah! não manchei a espada,
Não o roubei ao dono.

Ergui-o no teu peito e nos teus braços;
E valem muito mais que o mundo inteiro
Uns tão ditosos laços.

Aos bárbaros, injustos vencedores
Atormentam remorsos e cuidados;
Nem descansam seguros
Nos palácios cercados

De tropa, e de altos muros.

E a quantos não mostra a sábia história
A quem mudou o fado em negro opróbio
A mal ganhada glória.

Eu vivo, minha bela, sim, eu vivo
Nos braços do descanso, e mais do gosto;
Quando estou acordado
Contemplo no teu rosto
De graças adornado,

Se durmo, logo sonho e ali te vejo.
Ah, nem desperto, nem dormindo sobe
A mais o meu desejo."

Sem descurar dos afazeres do seu cargo, zeloso e prestigiado pela austeridade de sua vida privada e profissional, Gonzaga vivia para seu amor. Num requinte de homenagem a Marília, ele próprio bordava a fio de prata o manto nupcial, usando para isso um dedal de ouro.

Da janela de sua casa, avistava Dorotéia na Casa Grande.

Tudo era pretexto para vê-la, esperando a hora da tarde em que descia para a casa feliz, onde ficava até que os sinos dos campanários batessem 9 horas.

Depois, precedido por um escravo que trazia a lanterna, recolhia-se a sua casa ou ia para a de Cláudio Manuel, ali próximo, onde as palestras literárias e políticas iam pela noite adentro.

Mesmo ali ele queria que seus amigos tomassem parte em sua ventura. Dirigia-se a Cláudio;

A CASA DE PAULA FREIRE ONDE SE TRAMAVA A INDEPENDÊNCIA DO BRASIL

"Pega da lira sonora,
Pega, meu caro Glauceste.
E ferindo as cordas de ouro,
Mostra aos rústicos pastores
A formosura celeste
De Marília, meus amores."

O tempo avançava e chegara enfim o ano de 1788 com o término da investidura de Gonzaga no cargo de Ouvidor e com a chegada a Vila Rica do Dr. Pedro José de Araújo Saldanha, que o vinha substituir. Um decreto real nomeava-o Desembargador da Relação da Bahia. Gonzaga apressou-se em obter a licença régia para seu casamento com Dorotéia.

E cantava, descrevendo a viagem de núpcias para a Bahia, onde ia residir:

"Tu, formosa Marília, já fizeste,
Com teus olhos ditosas as campinas
Do turvo ribeirão em que nasceste;
Deixa, Marília, agora,
As já lavadas serras;
Vem afoita romper os grossos mares,
Vem encher de alegria estranhas terras."

A licença régia, protelada pela longa travessia marítima, demorava. O governador Luís da Cunha Menezes fora substituído pelo Visconde de Barbacena, e o Tenente-Coronel João Carlos, atendendo aos pedidos de Gonzaga e Marília, obtinha do novo Governador um suprimento que era de sua alçada conceder, em casos excepcionais, na hipótese da demora excessiva da licença real expedida de Lisboa.

Foi nesse instante, quando ia afinal Gonzaga realizar seu sonho tão longo e tenazmente acalentado, que o conspirador sacrificou os devaneios do poeta.

Nunca passei horas mortas pela ladeira onde fica a casa de Cláudio, sem ter a visão do Ouvidor Gonzaga, esgueirando-se junto aos muros, chapéu desabado e a gola do casaco cor de vinho levantada, recitando baixinho uma nova lira e sonhando com a República na pátria de Marília.

CAPÍTULO III

Em julho de 1788 chegava a Vila Rica e assumia o governo da Capitania Luiz Antônio Furtado de Castro do Rio de Mendonça e Faro, Visconde de Barbacena.

Era o novo governador dotado de rara inteligência e cultura, formado em filosofia e leis, sendo ainda cientista de mérito, tendo substituído o famoso Vandelli na regência da cadeira de História Natural e Matemáticas, em Coimbra.

Membro da Academia das Ciência de Lisboa, de que fora um dos fundadores, era o Visconde de Barbacena um espírito brilhante, que, pela lei das afinidades eletivas, prontamente se integrara na convivência dos poeta e pensadores, que sob a ascendência de Cláudio dominavam em Vila Rica.

A "Conjuração Mineira" estava em seu apogeu. O hábito de tratarem dela tinha acabado por converterem-na, seus associados, numa obsessão que surgia a cada passo e a cada pretexto.

O Visconde de Barbacena ouvia-lhes os projetos, tomava-os por devaneios de poetas, simples repercussão de idéias de além-mar, deixando-se abordar por Cláudio e Gonzaga, que pretendiam arrastá-lo à trama, explorando-lhe os entusiasmos que ele demonstrava pela terra mineira.

O Visconde não teria, no primeiro momento, dado nenhum relevo ao que lhe pareceria uma idéia passageira de poetas. Com o tempo apercebeu-se da gravidade da situação, quando já era tarde para tomar atitude decisiva de combate. Senhor do segredo que lhe fora confiado na intimidade de uma conversação de amigos, sob compromissos de honra, estava impedido de agir, pelo menos antes que o fato se viesse a realizar. Preferiu esquivar-se à convivência, transportando-se com a família para o Palácio da Cachoeira, pitoresca vivenda de recreio dos Governadores, aí permanecendo, indo raras e apressadas vezes a Vila Rica, sendo o expediente conduzido pelos soldados da Cavalaria, através das quatro léguas que o separavam de Vila Rica.

Isto explica a inércia do Visconde de Barbacena, ante os preparativos da rebelião, e mostra como somente depois que o Vice-Rei, no Rio de Janeiro, conhecendo dos fatos, encaminhou-lhe informantes, pôs-se ele em campo, tão friamente no começo, que chegou a ser suspeitado e advertido. Assustado, desmandou-se na espionagem e acarretou para seu nome uma ojeriza nacional.

Na denúncia escrita por Joaquim Silvério dos Reis e entregue no Palácio da Cachoeira, consta um desígnio atribuído a Gonzaga, de fazer cortar a cabeça ao Visconde. Foi uma torpeza do Judas da Inconfidência.

Vários fatos indicam que Barbacena tenha sido algum tempo confidente dos planos traçados por Cláudio e Gonzaga e que tomasse tudo pelo aspecto romântico, sem acreditar ganhasse a idéia a extensão e a gravidade subseqüentes. Durante muitos anos, sustentou a tradição em Minas que o Visconde de Barbacena conspirara com os inconfidentes, arrependendo-se depois. Depositários desse segredo teriam sido Cláudio Manuel, Tomaz Gonzaga e Tiradentes. O primeiro foi assassinado depois de um misterioso interrogatório, simulando-se o seu suicídio. Sobre o segundo, muita coisa diria o encontro no Palácio da Cachoeira, seguido dos versos que escreveu Gonzaga, já preso no Rio, referindo-se a ele. Acuado pelas instruções do Vice-Rei Luiz de Vasconcelos, de posse das delações escritas de Joaquim Silvério dos Reis, Basílio de Brito Malheiro e Inácio Correia Pamplona, ordenou o Governador as prisões dos conjurados e a abertura da Devassa. De volta de uma visita que fizera ao Visconde de Barbacena, em Cachoeira, dias antes das prisões, Gonzaga mostrou-se triste e anunciara a diversos amigos que a Derrama fora suspensa e que a ocasião para o levante se perdera.

Nessa conferência, segundo transparece claramente da carta de Martinho de Melo, Gonzaga insistiu com o Visconde para que este mantivesse antigos compromissos "encarecendo superior vantagem da Capitania para sua independência, pela sua riqueza e situação natural, e que merecia estar sempre na menina dos olhos do ministério". Comentou as notícias do levante a que o povo se achava disposto, só lhe "faltando duas cabeças". Mistérios impenetráveis da História...

O casamento de Tomaz Gonzaga com Maria Dorotéia Joaquina de Seixas, ia realizar-se no dia 31 de maio de 1789. Os respectivos enxovais prontos, proclamas corridos, todos os aprestos, enfim, de uma grande festa social ocupavam Vila Rica. Em meio a esses preparativos, uma notícia circulou secretamente anuviando a alegria de Gonzaga e de seus amigos.

Na noite de 17 de maio, entre 8 e 9 horas da noite, nas escuras ruas de Vila Rica, esgueirava-se misterioso personagem envolto em pesada capa e largo chapéu desabado. Bateu na porta dos principais conspiradores, avisando-os de que queimassem os papéis comprometedores que tivessem, e fugissem para não serem presos.

A ordem para essa prisão foi dada de surpresa, pessoalmente, pelo Visconde de Barbacena, na noite em que elas começaram, isto é, 23 de maio, muito depois do aviso.

Antes desse instante, ninguém conhecia o desígnio do Governador.

Não se tendo jamais apurado quem tenha sido o disfarçado emissário, ocorre acreditar-se que o próprio Vis-

A CASA DE CAMPO EM CACHOEIRA, ONDE RESIDIA O VISCONDE DE BARBACENA

conde teria querido salvar seus amigos [1] servindo-se talvez do Tenente-Coronel João Carlos Xavier da Silva Ferrão, tio de Marília, Ajudante-de-Ordens do Governador e homem capaz de guardar até à morte os mais graves segredos.

Esse aviso receberam os principais em Vila Rica, inclusive Gonzaga. Ninguém fugiu, mas é verdade, também, que a Devassa não arrecadou um só documento decisivamente comprometedor para ninguém.

No dia 23, efetivamente, alta madrugada, começaram as prisões, realizadas quase simultaneamente por turmas de soldados portugueses, aquartelados na Cachoeira, única tropa que inspirava confiança ao Governador. Comandava a diligência o Tenente-Coronel Pedro Afonso Galvão de S. Martinho, português também.

Ao deixar o exercício da Ouvidoria, fora Gonzaga habitar próximo da ponte de Marília, no Bairro de Antônio Dias, com um certo Manuel da Costa Mourão, onde na trágica alvorada de 23 de maio foi arrancá-lo do leito uma numerosa escolta comandada pelo Tenente-Coronel Francisco Antônio Rabelo. Tudo foi examinado e apreendido: roupas, livros, papéis e aquele dedal de que o poeta se servira para bordar a peça do vestuário de noiva de Marília.

Quase a pique de realizar seu sonho, esmagado pela certeza da desgraça, o infeliz Gonzaga caiu em abatimento profundo. Pediu para falar a Marília. Negaram-lhe a permissão. Que lhe consentissem mandar um recado. Nem a isso acederam.

Algemado sobre um cavalo, entre filas de soldados, ao raiar do dia, chorando, pelo caminho do alto das Cabeças, partiu Gonzaga, de Vila Rica, onde nunca mais haveria de voltar.

1. Tenho razões para crer que esse emissário foi o Irmão Lourenço fundador do Caraça.

Estalava-lhe o coração a saudade de sua doce Marília, arrebatado dela quando, justamente, iam unir-se perpetuamente seus destinos. Com que agonia ele se recordava dos lindos olhos, da linda face, da dulcíssima voz que ele ainda na véspera tivera junto de si, na Casa Grande sentindo-lhe o perfume do hálito, e o amor que ela exprimia no arfar dos seios, lembrando-se de que apenas oito dias os separavam do tálamo.

Como havia de fazer agora!

Chegaram no mesmo dia a Cachoeira do Campo, à margem do caminho do Rio de Janeiro, e passaram pela porta do Palácio de recreio.

Gonzaga pediu para falar ao Visconde.

Este acedeu, mas ninguém sabe o que se conversou nesse encontro. Dele, Gonzaga trouxe o atestado justificando sua permanência em Vila Rica e a referência que, ao Visconde, faz na poesia escrita mais tarde, na masmorra da Ilha das Cobras:

"Não fraquejes, Marília, não fraquejes,
A justiceira mão que lança os ferros
Não traz debalde a vingadora espada;
Deve punir os erros.

Virtudes de Juiz, virtudes de homem
As mãos se deram; no seu peito moram;
Mandam prender ao réu a austera boca,
Porém seus olhos choram.

Se a inocência denigre a vil calúnia,
Que culpa aquele tem que aplica a pena?
Não é o julgador, é o processo,

É a lei quem nos condena.
Só no Averno os Juízes não recebem
Acusação, nem prova de outro humano;
Ali todos confessam suas culpas,
Não pode haver engano.

Eu vejo as fúrias afligindo aos tristes,
Chega uma ao fogo e outras às serpes move,
Todos maldizem, sim a sua estrela
Nem um acusa Jove.

Eu também inda adoro o grande chefe,
Bem que a prisão me dá que eu não mereço.
Qual eu sou, minha bela, não me trata,
Trata-me qual pareço.

Quem suspira, Marília, quando pune,
Ao vassalo que julga delinqüente,
Que gosto não terá, podendo dar-lhe
As honras de inocente.

Tu vences, Barbacena, os mesmos Titos
Não são virtudes que no peito abrigas.
Não honras tão-somente a quem premias,
Honras a quem castigas."

Ao invés de irritar-se, Gonzaga louva o Visconde de Barbacena. Lembremo-nos porém, que lançado incomunicável numa masmorra, podia largo tempo obter meios de escrever "Liras" e mandá-las à Marília, em Vila Rica, e, alguma vez, discretamente, receber algumas cartas dela, que nunca, aliás foram encontradas. Não fora a possibilidade de serem encaminhadas a Marília que as guardou e restituiu-as mais tarde, estariam perdidas essas liras.

Que parte teria nessas facilidades o Visconde de Barbacena, de cujo governo era ajudante-de-ordens o Tenente-Coronel João Carlos, tio de Marília? E o aviso secreto de Vila Rica?

Prosseguiu a viagem do prisioneiro e sua escolta na mesma tarde. É provável que fossem pernoitar no Ouro Branco, e foi essa a última tarde que pôde Gonzaga vislumbrar ao sol poente a Serra de Ouro Preto, em cujo sopé, a essa hora, Marília chorava sua desgraça e a brutal separação de seu querido Dirceu.

Durante dez longos dias, viajou a pequena comitiva onde ia Tomaz Gonzaga conduzido para o Rio de Janeiro.

À noite, nos pousos ou estalagens, o fatigado corpo do poeta repousava no chão ou nos toscos jiraus, sem que lhe retirassem as algemas.

O belo homem tratado e limpo era no fim de três dias uma ruína. Barba crescida, olhos encovados, faces macilentas, sujo do pó dos caminhos, rotos os trajes.

Ora entregue ao pranto e aos soluços, ora aparvalhado, olhando para trás, pedindo que lhe permitissem deter-se um instante nos altos de serra, olhando demoradamente na direção de Vila Rica, crispando as mãos e murmurando por Marília.

Nem um gesto, porém, de rebeldia ou agressividade para os da escolta. Ao cabo de alguns dias apiedou-se o Capitão Antônio José de Araújo , que comandava os soldados, e estes próprios, vendo o sofrimento moral, o abatimento físico e a cordura do prisioneiro, condoíam-se dele.

Confortavam-no, animavam-no e, nos pousos de noite, retiravam-lhe as algemas.

Quantos destes rudes soldados não se teriam enternecido, vendo os pulsos magoados do poeta, entre os punhos dilacerados, onde frangalhos de rendas sujas ainda pendiam! Não era nada disto, entretanto, que maltratava a alma de Gonzaga. Era a cruciante saudade de Marília, o desespero de lhe não ter falado, a certeza íntima de tê-la perdido, oito dias antes de ligarem-se os seus destinos, ele, que por quase sete anos, lutara para a conquista desse amor.

Os caminhos estiravam-se, galgando serras, descendo cordilheiras, vadeando rios, aproximando-se da última etapa onde o esperavam calabouços e devassas.

Não eram essas as torturas que o alarmavam. Era a saudade de Marília!

E quando à tarde nos povoados, por onde passavam, acontecia tanger, algum sino, o toque de Trindades, culminava sua dor, na recordação dessa hora feliz, quando à janela da "Casa Grande", tendo entre suas mãos as de Marília, ouvia bater o sino grande da Senhora da Conceição de Antônio Dias, enquanto o sol dourado dos píncaros de Minas declinava sobre os ásperos cimos da Serra da Cachoeira.

Que essa hora de recolhimento íntimo, em que sua alma e a de Marília caminhavam juntas na identificação da prece, não voltaria mais, sentia-o o desventurado Gonzaga. E as pancadas do sino contundiam-lhe o peito, como se fossem vibradas contra a sua alma, esmagando-a.

Em algum ponto da estrada, fraqueou a vigilância da escolta e um furtivo bilhete à Marília foi enviado, por intermédio de um amigo, que secretamente se incumbiu da caridosa missão. Chegaram, enfim, ao Rio de Janeiro, levando, a escolta, o conjurado, à presença do Vice-Rei.

As denúncias de Joaquim Silvério e seus comparsas, odientos inimigos de Gonzaga, davam-no como cabeça principal, a alma danada do levante das Minas, o autor dos

QUARTEL DOS DRAGÕES D'EL-REI, EM CACHOEIRA DO CAMPO

planos mais sanguinários e cruéis, contra as autoridades portuguesas.

Gonzaga verificou, surpreendido, que seu romantismo político, seus planos abstratos de independência à Pátria de Marília, estavam transformados pela maldade dos seus inimigos e credulidade das autoridades, em facinorosas sangueiras, monstruosos degolamentos, suplícios e decapitações, inclusive de amigos seus.

A chegada de Gonzaga ao Rio, fez com que se tomassem precauções especiais para segurança das instituições, ameaçadas com a presença daquele imaginário monstro, que tentara sublevar as minas de ouro, lançando-as numa carnagem.

As mais fantasiosas notícias ganhavam foros de verdade e quando a escolta, conduzindo Tomaz Gonzaga, atravessou as ruas da cidade, os homens encolhiam-se horrorizados, vendo aquela figura terrível de sicário e as mulheres persignavam-se, apavoradas com o que pudesse ainda fazer esse endemoninhado chefe de uma tremenda conjuração em Minas.

Todos fugiam de comentar em público os acontecimentos. Os raros que o faziam, era para alardear dedicação ao poder real, exagerar o perigo, ou render homenagens ao zelo das autoridades.

Os responsáveis, perante a rainha, pela boa ordem e segurança das coisas no Brasil, apoquentavam-se para encontrar um local onde se houvesse de conservar preso aquele espectro de homem, que a escolta de Cavalaria de Minas lhes deixava nas mãos, sob cauteloso recibo.

Sobravam calabouços na cidade. Todos eles eram lôbregos, úmidos, seguros, sem ar, sem luz.

Mesmo assim a escolha se tornou difícil, porque, dada a temibilidade que se atribuía àquele Ouvidor poeta, era necessário que se descobrisse, dentre todos, o que fosse mais lôbrego, mais úmido, mais seguro, com menos ar e menos luz.

Achou-se, finalmente, a prisão capaz de enjaular o Árcade Dirceu, que, sob pretexto de noivado com uma formosa donzela de Vila Rica, pretendia ensangüentar o Brasil, conforme tinham afirmado os leais súditos de Sua Majestade, os torpíssimos Joaquim Silvério dos Reis, Inácio Pamplona e Basílio de Brito Malheiro.

Foi o calabouço especial na Fortaleza da Ilha das Cobras.

CAPÍTULO IV

Em 1789, tinha a Ilha das Cobras um aspecto diferente do que nos apresenta hoje. Não existia nenhuma das construções que a rodeiam no primeiro plano e em lugar dos altos taludes de pedra que hoje se avistam, talhados para as obras de engenharia militar, vinha o terreno do alto até a orla da praia, que oferecia poucos lugares de acesso às embarcações.

No alto fizera o empreendedor Gomes Freire de Andrada construir o forte ou presídio, de que uma parte, a principal, serve atualmente de Quartel do Corpo de Fuzileiros Navais, Presídio Militar e Hospital da Marinha, também transformados externamente e internamente em muita coisa.

A fachada típica das construções da época tem plantada, sobre o arco da entrada, a seguinte legenda, encimada pelo escudo português, tudo em pedra de lioz [1].

"*Reinando El-Rei D. João V. N. S. e sendo Cap. Gnal desta Capitania e M. G. Gomes Freire de Andrada Gov. em sua ausência, o Brig. José da Silva Pais, aí se M. fazer esta fortaleza de S. José. Ano de 1736.*"

Penetrando-se por esse portão, encontram-se as alas do edifício, deitando externamente para parapeitos onde bastiões guarnecidos de artilharia rematavam o aparato militar.

---

1. "Reinando El-Rei D. João Quinto, Nosso Senhor e sendo Capitão-General desta Capitania e de Minas Gerais, Gomes Freire de Andrada, governando em sua ausência o Brigadeiro José da Silva Pais, aí se mandou fazer esta Fortaleza de S. José — Ano de 1736."

Nessas construções ficavam os alojamentos das guarnições militares, e nos baixos, escavadas no solo de pedra, várias prisões.

À esquerda de quem entra, quase no fim da construção, existia uma delas, estreita e escura, recebendo luz por pequena janela gradeada, à meia altura da larga parede de quase um metro de espessura. Comunicando com um alojamento de soldados, uma porta grossa de ferragens reforçadas, cuja soleira era mais alta que o nível comum cerca de um metro.

As paredes enegrecidas pela fumaça dos candeeiros de azeite, o chão de pedra e terra suja, emprestavam a tal cela um aspecto repugnante. O mobiliário resumia-se em duas ou três tábuas sobre toras de madeira, um travesseiro de palha imundo, e surrada manta para coberta.

Pequena mesa e um banco completavam a guarnição.

De dia, a luz solar não penetrava senão difusamente tal cubículo.

À noite vinha um forçado acender o fumarento candeeiro de azeite metido em nicho na parede. Espaço para locomover-se o preso, o que lhe desse para alguns passos curtos num sentido.

Nessa prisão foi metido a 8 de junho de 1789, ao cair da noite, o poeta Ouvidor de Vila Rica, Tomaz Antônio Gonzaga[2]. Maltratado pela viagem, humilhado pelas interrogações que sofrera logo ao chegar ao Rio, emagrecido, sujo, as vestes em farrapos, a barba crescida, os cabelos em desalinho, ultrajado pelos brutos soldados do presídio, Gonzaga penetrou naquele túmulo aguardando o que se faria dele.

2. Visitando essa pavorosa prisão, em companhia de Seth, verifiquei que pouca alteração sofreu. Facílima seria uma reconstituição integral desse verdadeiro santuário cívico. Foi nosso guia atencioso o então Tenente de Fuzileiros Luiz Ferreira Gaspar, Comandante do Presídio.

Tiraram-lhe as cadeias das mãos e passaram-lhas para um dos pés ligada a grande bola de ferro que lhe impedia o desembaraço dos passos.

A incomunicabilidade com quem quer que fosse era absoluta e desde o forçado que o servia, a qualquer soldado, nenhum se atrevia a quebrar rigores determinados, receosos das tremendas punições que se consagraram nos famosos "Artigos de Guerra".

Nessa mesma noite, veio-lhe a primeira refeição, má e parca, em prato de folha.

A alma do poeta não sofria senão da ausência amada e ouvindo, da grosseria do Vice-Rei, torpes acusações, inclusive à sua honra de magistrado, que os caluniadores assoalhavam, para mais atrair sobre a vítima os ódios das autoridades, logo buscou na poesia o lenitivo a tão cruciantes torturas.

Que havia de dizer àqueles brutos que o tinham maltratado e metido na masmorra?

Uma laranja que acompanhava a refeição, deu-lhe o meio de sonhar naquele inferno. Tomou da hasta e com o fumo da candeia, escreveu na suja parede da prisão, de onde mais tarde copiaria para remeter à sua Marília, os primeiros versos narrando-lhe os horrores que sofria:

"Já não cinjo de louros minha testa,
Nem sonoras canções o Deus me inspira:
Ah! que nem me resta
Uma já quebrada
Mal sonora lira!

Mas neste mesmo estado em que me vejo
Pede, Marília, Amor que vá cantar-te;
Cumpro o seu desejo;

GONZAGA, PRESO, LANÇA UM ÚLTIMO OLHAR SOBRE VILA RICA

E ao que resta supra
A paixão e a arte.

A fumaça, Marília, da candeia,
Que a molhada parede ou suja, ou pinta.
Bem que tosca e feia,
Agora que pode
Ministrar a tinta.

Aos mais preparos, o discurso apronta:
Ele me diz que faça ao pé de uma
Má laranja, ponta,
E dele me sirva
Em lugar de pluma.

Perder as úteis horas, não, não devo;
Verás Marília, uma idéia nova:
Sim, eu já te escrevo,
Do que esta alma dita,
Quando amor aprova.

Quem vive no regaço da ventura,
Nada obra em te adorar, que assombro faça:
Mostra mais ternura
Quem te estima e morre
Nas mãos da desgraça.

Nesta cruel masmorra tenebrosa,
Ainda vendo estou teus olhos belos,
A testa formosa,

Os dentes nevados.
Os negros cabelos.

Vejo, Marília, sim, e vejo ainda
A chusma dos Cupidos, que pendentes
Desta boca linda
Nos ares espalham
Suspiros ardentes.

Se alguém me perguntar onde eu te vejo
Responderei: No peito, que uns amores
De casto desejo
Aqui te pintaram,
E são bons pintores.

Mal meus olhos te viram ah! nessa hora
Teu retrato fizeram, e tão forte
Que entendo que agora
Só pode apagá-lo
O pulso da morte.

Isto escrevia quando, ó céus! que vejo?
Descubro a ler-me os versos o deus louro;
Ah! dá-lhes um beijo,
E diz-me que valem
Mais que letras de ouro."

Engolfado no sonho, alucinado pela visão de Marília, todos os horrores que o cercavam desapareciam, para que somente as doces sombras desse sublime amor ocupassem sua mente apaixonada. Cerrava os olhos, procurando esquecer as desgraças que o cercavam, vivendo do passado e esperando angustiosamente pelo futuro.

Os dias se passavam. Marília escreveu-lhe algumas vezes:

[3] "Mas vejo, ao menos, tuas letras belas
e uma por uma as beijo,
Chorando-te sobre elas."

A incomunicabilidade não fora quebrada, mas pequenos socorros, de permissão, penosamente obtidos por seu pai, seus irmãos e amigos, em Portugal e no Rio, vinham sendo prestados pelo Dr. Antônio Ferreira França.[4]

Gonzaga, entretanto, ignorava tudo quanto se passava em relação aos demais companheiros de conjuração.

Resolvera-se, pois, a uma negativa tenaz, para tentar salvar-se.

Conseguira permissão para ter consigo papel e tinta. Enchia as longas horas do cárcere compondo "Liras" que entregava ao carcereiro para enviá-las a Marília em Vila Rica.

Elas iam para as mãos do Vice-Rei, que as encaminhava a seu destino, pedindo ao Tenente-Coronel João Carlos que as desse a Maria Dorotéia.

Em pouco tempo esse lenitivo acabou.

O conselho de família entendia que era insensatez alimentar artificialmente uma situação que se resolvera por si, com a prisão de Gonzaga. Sonegavam as mensagens à destinatária e esta, imersa em profunda tristeza, indagava a si própria como era possível que Gonzaga a tivesse esquecido tão depressa.

O pobre vate, por seu lado, não compreendia que sua meiga Marília não tivesse mais para com ele, tão desgraçado, uma palavra de conforto.

3. Gonzaga — Lira

4. Companheiro de infância de Gonzaga, na Bahia.

Atribuía o fato, a que ela, acaso, desse crédito às acusações que lhe tinham feito seus inimigos, de desonesto e sanguinário.

Dirigia-lhe, pois pintando sua vida passada, defendendo-se de tais inculpações, soneto;

"Obrei quanto o discurso me guiava.
Ouvi aos sábios, quando errar, temia;
Aos bons no gabinete o peito abria,
Na rua a todos como iguais tratava.

Julgando os crimes, nunca os votos dava,
Mais duro, ou pio do que a lei pedia;
Mas devendo salvar ao justo, ria
E devendo punir ao réu, chorava.

Não foram, Vila Rica, os meus protestos,
Meter em férreo cofre cópia de ouro,
Que baste aos filhos e que chegue aos netos:

Outras são as fortunas, que me agouro,
Ganhei saudade, adquiri afetos,
Vou fazer destes bens melhor tesouro."

Pungia a alma de Gonzaga essa dolorosa dúvida. Por que cessara de lhe escrever Marília? Nem uma linha sequer de animação no meio das desgraças que o afligiam?

E na monotonia dos dias, na escuridão das longas noites, refugiava-se o poeta em seus sonhos, para mais sofrer a ausência da amada.

O que torna a prisão mais cruel é o isolamento.

A criatura humana tem horror à solidão e a solidão moral é a que mais a tortura.

Gonzaga, que polarizara sua vida espiritual no amor de Marília, buscava nele forças para suportar os cruéis dias que ia vivendo. Na incoercível vontade de comunicar-se com a adorável criatura, derramava a alma nas tiras de papel que ainda molhava de lágrimas, escrevendo as "Liras" que, supunha, fossem ter às mãos de Maria Dorotéia.

Nesses poemas enternecidos, narrava-lhe com minúcias sua vida de preso, seus sofrimentos, e suas esperanças, pintando-se:

"Olhos baços e sumidos,
Macilento e descarnado,
Barba crescida e hirsuta,
Cabelo desgrenhado:
Ah! que imagem tão digna de piedade!"

E esta outra:

"Se me vires com teus olhos
Nesta masmorra metido,
De mil idéias funestas,
E cuidados combatido;
Qual seria, ó minha bela,
Qual seria o teu pesar?
A força da dor cedera,
E nem estaria vivo,
Se o menino deus vendado,
Extremoso e compassivo,
Com o nome de Marília
Não me viesse animar.

Deixo a cama ao romper d'alva;
O meio-dia tem dado,
E o cabelo inda flutua
Pelas costas desgrenhado.
Não tenho valor, não tenho,
Nem para de mim cuidar.

Diz-me Cupido: E Marília
Não estima este cabelo?
Se o deixar perder de todo,
Não se há-de enfadar ao vê-lo?
Suspiro, pego no pente,
Vou logo o cabelo atar.

Vem um tabuleiro entrando
De vários manjares cheio;
Põe-se na mesa a toalha,
E eu pensativo passeio:
E todo o comer esfria,
Sem nele poder tocar.

Eu entendo que a matar-te,
Diz Amor, te tens proposto;
Fazes bem: Terá Marília
Desgosto sobre desgosto.
Qual enfermo é o remédio
Me aflijo, mas vou jantar.

Chegam as horas, Marília,
Em que o sol já se tem posto;

Vem-me à memória que nelas
Vi à janela o teu rosto;
Reclino na mão a face
E entro de novo a chorar.

Diz-me Cupido: Já basta,
Já basta, Dirceu, de pranto;
Em obséquio de Marília
Vou tecer teu doce canto.
Pendem as fontes dos olhos,
Mas eu sempre vou cantar.

Vem o forçado acender-me
A velha, suja candeia;
Fica Marília, a masmorra
Inda mais triste e mais feia.
Nem mais canto, nem mais posso,
Uma só palavra dar.

Diz-me Cupido: São horas
De escrever-se o que está feito.
Do azeite e da fumaça.
Uma nova tinta ajeito;
Tomo o pau que pena finge
Vou as liras copiar.

Sem que chegue o leve sono,
Canta o galo a vez terceira,
Eu digo a Amor que fico
Sem deitar-me a noite inteira;
Faço mimos e promessas

NO CALABOUÇO DA ILHA DAS COBRAS

Para ele me acompanhar.

Ele diz que em dormir cuide,
Que heide ver Marília em sonho;
Não respondo uma palavra,
A dura cama componho,
Apago a triste candeia,
E vou-me logo deitar,

Como pode a tais cuidados
Resistir, ó minha bela,
Quem não tem de Amor a Graça.
Se eu, que vivo à sombra dela,
Inda vivo desta sorte
Sempre triste a suspirar?"

Era a chama do Amor que sustentava o corpo em ruínas e que animava a razão desse torturado, que animado pela esperança de rever um dia o ente amado, reunia todas as forças psíquicas para fortalecer aqueles restos de existência, açoitados pelo infortúnio.

Os meses se passaram nesse isolamento e somente a imagem de Marília povoava aquele deserto.

A devassa prosseguia. Os cárceres cheios de Inconfidentes. Cláudio Manuel caíra assassinado na prisão de Vila Rica. Gonzaga ignorava tudo.

A saudade do tempo feliz transcorrido em Vila Rica feria-lhe fundamente o maltratado coração:

"Que diversas que são, Marília, as horas,
Que passo na masmorra imunda e feia,
Dessas horas felizes, já passadas
    Na tua pátria aldeia!

MARÍLIA E DIRCEU

— "Eu é que sou herói, Marília bela!"

À noite te escrevia na cabana
Os versos que de tarde havia feito.
Mal t'os dava e os lias, os guardavas,
    No casto e branco peito.

Beijando os dedos dessa mão formosa,
Banhados com as lágrimas do gosto,
Jurava não cantar mais outras graças,
    Que as graças do teu rosto."

Todos os sofrimentos dos desconfortos, das privações, das humilhações que sofria no ergástulo onde se via metido, eram nada, em vista da saudade de Marília, que, mais que tudo, afligia Gonzaga!

"Ergástulo cruento
Onde não entra a aurora!
Pensas que a sombra tua
A vida me devora?
Não penses tal maldade.
Eu morro de saudade."

"Se pensas que os teus ferros
Horríveis e pesados,
Me têm os rijos ossos
Com dores trespassados;
Não penses tal maldade.
Eu morro de saudade."

. . . .

"Se o hálito que deitas
Tu julgas que me empesta;

Se pensas que a matar-me
Já pouco ou nada resta.
Não penses tal maldade,
Eu morro de saudade."

. . . .

"Não são os ferros
Que me atormentam
Nem mais aumentam
    Este pesar
        Por ti, Marília
        Vou suspirar."

"Mas basta já de canto,
Ergástulo cruento.
Bem vês que não me aterra
Teu hórrido tormento,
Acaba a humanidade
Nas garras da saudade."

"Se aqui vier um dia
Marília linda e bela,
A quem minh'alma adora.
Dize-lhe que por ela
Acaba a humanidade
Nas garras da saudade."

Enquanto Gonzaga gemia no cárcere da Ilha das Cobras, a pobre Marília entregava-se, também, ao desespero da dor.

Recolhera-se das vistas públicas, e em seus aposentos chorava noite e dia a perda do noivo, do qual as notícias que chegavam eram aterradoras. Procuravam os parentes, com isso, sonegá-la ao amor pelo poeta, quando entretanto mais a cruciavam e afervoravam seu sentimento pelo noivo infeliz.

Permitiram-lhe escrever algumas vezes e entregavam-lhe as primeiras cartas com poemas que lhe enviou Gonzaga. Diziam-lhe, porém, que as provas contra o Ouvidor tinham sido esmagadoras e que ele seria enforcado com ignomínia. Para melhor chegarem a seus fins, passados alguns meses, ocultavam-lhe as "Liras" que lhe enviava Gonzaga.

As cartas desesperadas de Marília, dirigidas ao preso, eram desviadas e destruídas. Todos conspiravam contra os noivos infelizes. Ninguém se apiedava de Dirceu, pensando com isso fazer a felicidade de Marília.

O Tenente-Coronel João Carlos Ferrão assentou então, com Baltazar Mayrink, pai de Maria Dorotéia, conduzirem-na para a Fazenda do "Fundão das Goiabas", em Itaverava, próximo de Queluz, a fim de que a mudança de cenário erguesse as forças da pobre donzela que se deixava abater dia-a-dia pelo sofrimento. Transportaram-na para lá. Imersa em tristeza, privada de convivência, num doloroso isolamento, a formosa Marília passava os dias perambulando pelos campos, evitando conversar, fugindo às visitas, somente se reanimando um pouco quando notícias, embora vagas, lhe falassem de seu Dirceu amado.

Entretanto, o pobre poeta entretinha-se em compor estrofes que supunha lidas por Marília, mostrando seu estado, narrando episódios de sua vida na prisão, deixando transparecer esperanças;

"Já me vai, Marília, branquejando
Louro cabelo, que circula a testa;
Este mesmo que alveja, vai caindo,

E pouco já me resta.

As faces vão perdendo as vivas cores
E vão-se sobre os ossos enrugando,
Vai fugindo a viveza dos meus olhos;
Tudo se vai mudando.

Se quero levantar-me as costas vergam;
As forças de meus membros já se gastam.
Vou a dar pela casa uns curtos passos,
Pesam-me os pés e arrastam.

Se algum dia me vires desta sorte
Vê que assim me não pôs a mão dos anos,
Os trabalhos, Marília, os sentimentos,
Causam os mesmos danos."

. . . .

Entre os tormentos daquela vida no ergástulo, ainda esperava, Gonzaga, que suas tenazes negativas o isentassem das penas terríveis que lhe poderia cominar a Alçada que ia instalar seus trabalhos.

Na imundície daquela enxerga, na estreita masmorra quente e sem ar, o espírito de Tomaz Antônio Gonzaga despregava-se da materialidade e conseguia sonhar coisas felizes!

"Vou-me, ó Bela, deitar na dura cama,
De quem nem sequer sou o pobre dono.
Estende sobre mim, Morfeu, as asas,
E vem ligeiro o sono.

Os sonhos que rodeiam a tarimba,
Mil coisas vão pintar na minha idéia:
Não pintam cadafalsos, não, não pintam
    Nenhuma imagem feia.

Pintam que estou bordando um teu vestido;
Que um menino com asas, cego e louro,
Me enfia nas agulhas o delgado,
    O brando fio de ouro.

Pintam que entrando vou na grande Igreja,[5]
Pintam que as mãos nos damos, e aqui vejo,
Subir-te à branca face a cor mimosa,
    A viva cor do pejo.

Pintam que nos conduz dourada sege
À nossa habitação; que mil amores
Desfolham sobre o leito as moles folhas
    Das mais cheirosas flores.

Pintam que desta terra nós partimos,
Que os amigos saudosos e suspensos
Apertam nos inchados, roxos olhos,
    Os já molhados lenços.

Pintam que os mares sulco da Bahia,
Onde passei a flor da minha idade,
Que descubro as palmeiras em dois bairros
    Partida a grã-cidade.

5. A matriz de Antônio Dias em Vila Rica

A PONTE DO ROSÁRIO — "... Passa uma formosa ponte..."

Pintam leve escaler e que na prancha
O braço já te ofereço reverente,
Que te aponta com o dedo, mal te avista,
    Amontoada gente.

Aqui, *alerta!* grita o mau soldado,
E outro, *alerta estou*! lhe diz gritando.
Acordo com a bulha, então conheço
    Que estava aqui sonhando.

Se o meu crime não fosse só de amores,
A ver-me delinqüente, réu de morte,
Não sonhava, Marília, só contigo,
    Sonhava de outra sorte."

Sofreu Gonzaga quatro longos interrogatórios e várias acareações no processo intentado contra ele e seus companheiros na Conjuração Mineira.

Em todos eles obstinou-se numa tenaz negativa de qualquer participação no levante de Minas. Desde o primeiro demorado interrogatório, na Ilha das Cobras, procedido pelo Desembargador José Pedro de Araújo Machado, em 17 de novembro de 1789, firmou-se Gonzaga nessa orientação que jamais abandonou. Dois fatos contribuíram para essa aparente contradição de sua atitude depois de preso, com suas atividades anteriores em Vila Rica.

Em primeiro lugar, o receio de comprometer-se inutilmente, arrastando seus amigos a uma irremediável desgraça, quiçá indo mesmo a sacrificar a família onde se fizera noivo, expondo a própria Marília aos perigos de uma devassa.

Depois, entre o que tinha existido realmente de conversas e planos, e o que se apresentava agora, falseado pelas denúncias dos traidores, havia muita diferença.

As sangueiras, degolamentos, atentados pessoais, ocupavam o primeiro plano nas informações de Silvério e outros delatores.

Não fraqueou, Gonzaga, nessa atitude e não contribuiu para perder ninguém com nenhuma indiscrição.

Não sendo único senhor do segredo não o violou nunca.

Tiradentes, que também levou até o fim sua admirável energia moral, perguntado sobre a atuação de Gonzaga, declarou ignorar que ele estivesse envolvido na Conjuração, fazendo mesmo elogios à conduta de Gonzaga como magistrado. E era seu inimigo!

De nada valeu tão intransigente atitude, como se sabe, e o poeta foi, por ela, muitas vezes maltratado pelos que dele se ocuparam mais tarde, esquecidos de que essa conduta, poupando-lhe agravar a situação dos companheiros, acaso se confessasse culpado, tirava ainda aos excessos da Justiça d'El-Rei qualquer motivo de molestar Marília, como interrogatórios ou diligências no processo. Este arrastou-se por longos anos.

Enquanto isso, na masmorra, isolado agora definitivamente de seu amor, desculpando-o intimamente de seu silêncio, adivinhando os obstáculos que se tinham interposto, continuava a dirigir-lhe cantos chorosos, repassados de tristeza e meiguice:

"Nesta triste masmorra,
De um semivivo corpo sepultura,
Inda, Marília, adoro
A tua formosura.
Amor, na minha idéia te retrata
Busca extemoso que eu assim resista
A dor imensa, que me cerca e mata.
Quando em meu mal pondero,

Então mais vivamente te diviso.
Vejo o teu rosto e escuto
A tua voz e riso.
Movo ligeiro para o vulto os passos.
Eu beijo a tíbia luz em vez de face,
E aperto sobre o peito, em vão, os braços.

Conheço a ilusão minha,
A violência da mágoa não suporto.
Foge-me a vista, e caio.
Não sei se vivo ou morto.
Enternece-se Amor de estrago tanto,
Reclina-me no peito e com a mão terna
Me limpa os olhos do salgado pranto.

Depois que represento
Por largo tempo a imagem de um defunto,
Movo os membros, suspiro,
E onde estou pergunto.
Conheço então, que Amor me tem consigo.
Ergo a cabeça, que inda mal sustento,
E com doente voz assim lhe digo:

— Se queres ser piedoso,
Procura o sítio em que Marília mora,
Pinta-lhe o meu estrago,
E vê, Amor, se chora.
Se lágrimas verter a dor, arrasta
Uma delas, me traze sobre as penas,
E para alívio meu, só isto basta!"

Tudo lhe servia de motivo amoroso por Marília distante. Um dia, na aridez da Ilha das Cobras, um passarinho pôs-se a pipilar próximo à janela da prisão do poeta. Dirigiu-lhe este os ternos versos, ensinando-lhe o caminho das Minas, para que ele fosse junto da meiga noiva levar-lhe uma mensagem:

"Meu sonoro passarinho,
Se sabes do meu tormento,
E buscas dar-me, cantando,
Um doce contentamento;

Ah! não cantes mais, não cantes,
Se me queres ser propício.
Eu te dou em que me faças
Muito maior benefício.

Ergue o corpo, os ares rompe,
Procura o Porto da Estrela,
Sobe a serra e, se cansares,
Descansa num tronco dela.

Toma de Minas a estrada,
Na Igreja Nova, que fica
Ao lado direito, e segue,
Sempre firme, a Vila Rica.

Entra nessa grande terra,
Passa uma formosa ponte,
Passa a segunda, a terceira,
Tem um palácio defronte.

Ele tem ao pé da porta,
Uma rasgada janela,
É da sala aonde assiste
A minha Marília bela.

Para bem a conheceres,
Eu te dou os sinais todos,
Do seu gesto, do seu talhe,
Das suas feições e modos.

O seu semblante é redondo,
Sobrancelhas arqueadas,
Negros e finos cabelos,
Carnes de neve formadas.

A boca risonha e breve,
Suas faces cor-de-rosa,
Numa palavra, a que vires,
Entre todas mais formosa.

Chega, então a seu ouvido,
Dize que sou quem te mando,
Que vivo nesta masmorra,
Mas, sem alívio, penando."

Era a própria alma dolorida do poeta, que nas asas da saudade ia, através das montanhas, pousar na melancólica Vila Rica, ao pé da Ponte de Antônio Dias, onde ele supunha que Marília estivesse.

Lá na Itaverava sofria, também, no isolamento, Maria Dorotéia, julgando-se esquecida.

CAPÍTULO V

Para os oficiais e soldados que guarneciam o presídio e guardavam os inconfidentes, metidos nas masmorras da Ilha das Cobras, Tomaz Antônio Gonzaga não passava de um imbecil.

Riam-se dele, do homem suave, chorando sempre, suplicando-lhes que levassem às mãos do comandante da Praça, para que encaminhasse ao destino poesias e cartas que eles achavam simplesmente estúpidas.

Qual deles poderia imaginar que o humilhado e escarnecido preso, cheio de desgraça, legaria seu nome à posteridade, aureolado de glórias, enquanto os dos seus carcereiros desapareceriam no anonimato, desfeitos como as próprias cinzas de seus corpos!

Entretanto, a devassa ia desvendando, através de depoimentos extorquidos pela torpeza de Manitti, acusações terríveis contra Gonzaga, que curtia atrozes sofrimentos por ter, em seus devaneios, amado a terra de Marília e almejado vê-la uma República.

Fora dele, mesmo, o projeto dessa forma de Governo para a nova Nação, que se formaria livre e independente de Portugal.

Ele a sugerira numa reunião de amigos na fonte do jardim de sua casa em Vila Rica.

"O Coronel Alvarenga e o Vigário Carlos Correia de Toledo, que eram hóspedes de Gonzaga e que se demoraram em Vila Rica, todo o tempo que decorrera da festa do Natal à dos Reis, dos anos de 1788 a 1789, abraçaram imediatamente a hipótese; discutiram-na como projeto realizável e propagaram a idéia pelos círculos de amigos, pelas casas que freqüentavam à noite, onde tomavam chá e jogavam, entrando pelas horas da madrugada". [1]

"Viu-se assim Tomaz Antônio Gonzaga à frente de uma conspiração sem que ele mesmo suspeitasse que era o seu Chefe. A fim de engrossarem as suas fileiras, espalharam os conjurados ao ouvido de seus amigos a cumplicidade do desembargador e deu-se-lhe a colaboração das leis tendo por auxiliares a Alvarenga e outros de sua escolha."

"Repetiram-se as práticas, na presença do ex-Ouvidor da Comarca e em sua própria casa, práticas altamente criminosas para as quais cominava severas e bárbaras penas, a legislação ominosa daqueles tempos. Sabia o magistrado o perigo a que se expunha..."

"O Vice-Rei Luiz de Vasconcelos e Souza, escrevendo para Lisboa, dizia que bem se conhecia ser o principal cabeça dessa abominável maldade, Tomaz Antônio Gonzaga, unido a seus grandes amigos Inácio José de Alvarenga e Carlos Correia de Toledo."

Essa culpabilidade exagerada tinha penetrado fundamente na convicção comum e o Conde de Rezende, chegando ao Rio de Janeiro em 6 de junho de 1790 para substituir Luiz de Vasconcelos, trouxe-a consigo.

O encarcerado, ignorando tudo quanto se passava fora de sua prisão, talvez mesmo a presença de outros presos nos demais calabouços da Ilha das Cobras, como ele indiciados na Conjuração Mineira, acreditava que se reconhecesse, afinal, sua inocência, pois se a culpa tivesse, fora de simples palavras, o que não estava em eqüidade com a repressão que se lhe infligia.

1. J. Noberto — Conjuração Mineira.

PONTE DE ANTÔNIO DIAS — "... a terceira..."

Havia momentos em que seu ânimo sofredor reanimava-se, à esperança de, libertando-se daqueles dias tenebrosos, ir viver outros mais felizes ao lado de Marília, que o não repudiaria por ter carregado grilhões que o não infamavam. É o que se traduz na lira:

"Não hás de ter horror, minha Marília,
De tocar pulso que sofreu os ferros?
Infames impostores mos lançaram,
E não puníveis erros.

Esta mão, esta mão que ré parece,
Ah! não foi uma vez, não foi só uma,
Que em defesa dos bens que são do Estado,
Moveu a sábia pluma.

É certo, minha amada, sim, é certo,
Que eu aspirava ser de um cetro o dono,
Mas este grande império que eu firmava,
Tinha em teu peito o trono.

Às forças que se opunham, não batiam
Da grossa peça, e do mosquete os tiros;
Só eram minhas armas os soluços,
Os rogos e os suspiros.

De cuidados, desvelos e finezas,
Formava, ó minha Bela, os meus guerreiros.
Não tinha no meu campo estranhas tropas,
Que amor não quer parceiros.

Mas pode ainda vir um claro dia,
Em que estas vis algemas, estes laços,
Se mudem em prisões de alívio cheias,
Nos teus mimosos braços.

Vaidoso, então direi: Eu sou monarca,
Dou leis, que é mais, num coração divino.
Sólio que ergueu, o gosto, não a força,
E que é de apreço digno."

Em 24 de dezembro de 1790, chegava ao Rio de Janeiro a Alçada, isto é, o tribunal especial organizado em Lisboa para as formalidades do julgamento dos implicados na Inconfidência Mineira.

Pela cópias das Devassas procedidas em Minas e no Rio de Janeiro, que tinham sido remetidas para Portugal, já sabiam os juízes, previamente, o que iriam fazer.

Afora uma simulação do processo em plenário, para mais impressionar os espíritos, tudo já estava pronto, inclusive um Alvará de indulto da Rainha D. Maria I, que cautelosamente se havia de ocultar até a última hora, num requinte de crueldade muito do gosto da época.

Presidia essa Alçada o Conselheiro Sebastião Xavier de Vasconcelos Coutinho, que trouxe consigo mais dois juízes, Antônio Gomes Ribeiro e Antônio Diniz da Cruz e Silva [2], que, sem detença, puseram-se à tarefa.

Enquanto, se aprestavam as formalidades para o fim daquele drama judiciário, ansiavam os presos, na angústia dos cárceres, pelo término da situação em que todos se viam.

2. Um dos maiores poetas portugueses. Singular ironia. Um poeta algoz de outros poetas....

Jazia Gonzaga num escuro e mal-arejado cubículo da Ilha das Cobras, desde junho de 1789, segregado do mundo, abatido pela saudade de Marília e com o organismo minado de profundo enfraquecimento.

Somente lhe era dado tomar um pouco de sol e de ar livre, nas vezes em que se celebrava uma missa para os presidiários.

Era então o poeta metido na fila de presos, todos arrastando suas grilhetas, com pesadas bolas, entre soldados, e conduzidos à capela.

Facínoras verdadeiros, ou vítimas de erros e injustiças, negros escravos rebelados contra a crueldade, soldados criminosos, eram esses os que cercavam Gonzaga no recanto da capela reservada ao presos, isolados do resto da nave pelo pelotão de guardas, armas embaladas, vigilantes e atentos, prontos a matar diante do altar de Cristo quem quer que mostrasse atitudes de fuga, coisa impossível, aliás, mas sempre imaginada pelos responsáveis por aquela custódia.

Eram horas de êxtase para o pobre poeta, essas em que podia, embora rapidamente, lançar os olhos para a Serra dos Órgãos, na direção de Minas, onde seu coração vivia.

Na igreja, redobrava seu sofrimento na recordação de outros tempos, quando, tendo as mãos de Marília entre as suas, suplicava a Jesus, na elevação da hóstia, na Matriz de Antônio Dias, que abençoasse a sua união, eles que em breve iriam comparecer perante aquele altar para jurarem uma fidelidade eterna dentro de um amor sincero.

Como tudo era diferente ali.

O templo, os que o cercavam, ele próprio, cuja alma confundida não sabia pedir ao bom Jesus, senão que o restituísse à Marília, que lhe desse a existência tranqüila que sonhara, no seio de uma família que havia de fundar com Maria Dorotéia, na placidez de uma vida de magistrado:

"Ah! minha bela, se a fortuna volta,
Se o bem que já perdi alcanço e provo!
Por essas brancas mãos, por essas faces,
Te juro renascer um homem novo;
Romper as nuvens que os meus olhos cerram,
Amar no céu a Jove, a ti na terra.

Nas noites de serão nos sentaremos,
C'os filhos, se o tivermos, à fogueira,
Entre as falsas histórias, que contares,
Lhes contarás a minha verdadeira.
Pasmados te ouvirão; eu entretanto
Ainda o rosto banharei de pranto.

Quando passarmos juntos pela rua,
Nos mostrarão c'o o dedo os mais pastores,
Dizendo uns para os outros: Olha os nossos
Exemplos da desgraça e sãos amores.
Contentes viveremos desta sorte
Até que chegue a um dos dois a morte."

Em meados de setembro de 1791 alta madrugada, foi Gonzaga acordado em sua masmorra e avisado de que imediatamente seria transferido para outra, fora dali.

Retiraram-lhe as grilhetas, algemando-o e no pátio, metido com outros prisioneiros, cercados de um numeroso troço de atentos soldados, em silêncio, aguardou novo destino.

Instantes depois deslocou-se a coluna em direção ao Morro de Santo Antônio, penetrando no vasto edifício da Ordem Terceira da Penitência, sendo distribuídos os presos em diversos calabouços ali existentes.

Neles já se achavam o Tenente-Coronel Paula Freire, Inácio de Alvarenga, Coronel José Aires, Sargento-Mor Luiz Vaz de Toledo, Capitão Rezende Costa, Vicente Dias da Mota e o Alferes Silva Xavier, o Tiradentes, já então tido como chefe do levante e cercado de cautelas especiais.

A nova prisão em que foi metido Gonzaga, na Ordem Terceira, era infinitamente melhor que a da Ilha das Cobras.

Permitia-lhe ver o céu, as montanhas ao longe, e o sol podia visitá-lo, embora limitadamente.

A Alçada prosseguia os seus trabalhos e chegara, afinal, ao termo deles.

As devassas, interrogatórios e acareações, tinha, no ânimo dos juízes, atenuado de muito as culpas do Ouvidor Gonzaga.

Algumas facilidades de comunicações lhe foram permitidas, sem que contudo deixassem perceber as intenções de uma pena menos severa. Enquanto os conjurados presos, suas famílias e amigos esperavam como certo o enforcamento para todos os envolvidos no processo, torturados pelo pavor dessa hora que tanto temiam, Gonzaga demonstrou sempre uma admirável resignação e placidez, no tocante ao desfecho do seu caso, aceitando, embora sob protesto, a hipótese de expirar seus dias no patíbulo.

Verificara que seus sofrimentos e humilhações se tinham originado, principalmente, da delação de Joaquim Silvério dos Reis, que afirmara na carta ao Visconde de Barbacena, entregue na Cachoeira do Campo, que ele, Gonzaga, era o primeiro cabeça da conspiração e o autor dos planos de cruéis degolamentos.

Com profunda tristeza conhecera das fraquezas de alguns amigos durante seus depoimentos, mas perdoava-os porque eles se tinham abatido sob o peso da desgraça. Ele, Gonzaga, negara sempre, para não ferir a ninguém.

PONTE DOS CONTOS — “... Passa a segunda...”

A calúnia revoltava-o tanto mais quanto ela ia até marcar-lhe a vida profissional.

Desprezava o que outros quisessem pensar dele. Se a própria Alçada não lhe quisesse reconhecer a inocência, separando sua culpa verdadeira das artificiosas fantasias que lhe tinham juntado espíritos perversos, pouco lhe importava ainda.

A morte ele a receberia, também, com dignidade desde que Marília respeitasse sua memória como a de um homem digno:

"Esprema a vil calúnia muito embora
Entre as mãos denegridas e insolentes
 Os venenos das plantas
 E das bravas serpentes.

Chovam raios no meu rosto,
Não há de ver, Marília, o medo escrito,
 O medo perturbado
 Que infunde o vil delito.

Podem muito, conheço, podem muito,
As fúrias infernais que Pluto move.
 Mas pode mais que todas,
 Um dedo só de Jove.

 Fez de muitos os astros,
 Que inda no céu diviso.
Este deus converteu em flor mimosa,
A quem seu nome deram, a Narcisio.

Ele pode livrar-me das injúrias,
Do néscio, do atrevido ingrato povo.
 Em nova flor mudar-me
 Mudar-me em astro novo.

Porém, se os justos Céus, por fins ocultos,
Em tão tirano mal me não socorrem,
Verás então, que os sábios,
Bem como vivem, morrem.

Eu tenho um coração maior que o mundo.
Tu, formosa Marília, bem o sabes!
Um coração... e basta,
Onde tu mesmo cabes!"

Nas mais desagradáveis expectativas que flagelavam os espíritos, chegou finalmente a noite de 17 de abril de 1792.

Altas horas, foram os presos retirados das masmorras e conduzidos em aparatoso cortejo até a sala da capela da Cadeia Pública, cercados de tropa de cavalaria, séquito de frades de Santo Antônio, levando cruz alçada, com o respectivo guardião Frei José de Jesus Desterro.

Diante do triste oratório, defrontaram-se e reviam-se, depois de tanto tempo, velhos amigos de épocas felizes em Minas, até então segregados em bárbaras prisões.

Eram todos ruínas humanas, alquebrados, envelhecidos, macilentos, quase irreconhecíveis.

Aguardavam a leitura da sentença que tudo indicava os levaria à forca. Longas e cruéis foram essas horas que precederam a madrugada de 19 de abril de 1792, quando penetrou no recinto onde se amontoavam os desgraçados inconfidentes, o Desembargador Luiz Alves da Roca, escrivão da Alçada.

À luz de fachos e candeeiros, começou a ler aos extenuados presos a longa decisão.

Depois de minuciosos considerandos, concluiu o desembargador a leitura do julgado, em meio ao triste silêncio, às vezes interrompido por abafado soluço das vítimas: "Portanto, condenam o réu Joaquim José da Silva Xavier, por alcunha o Tiradentes, alferes, que foi da tropa paga da Capitania de Minas, a que, com baraço e pregão, seja conduzido pelas ruas públicas ao lugar da forca e nela morra de morte natural para sempre, e que depois de morto lhe seja cortada a cabeça e levada a Vila Rica, aonde, no lugar mais público dela, será pregada em um poste alto até que o tempo a consuma; o seu corpo será dividido em quatro quartos e pregados em postes pelo caminho de Minas, no Sítio da Varginha e de Cebolas onde o réu teve suas infames práticas, e os mais nos sítios de maiores povoações, até que o tempo também as consuma. Declaram ao réu infame, e infames seus filhos e netos, tendo-os, e seus bens aplicam para o fisco e câmara real e a casa em que vivia em Vila Rica será arrasada e salgada, e que nunca mais no chão se edifique e, não sendo próprias, serão avaliadas e pagas ao seu dono pelos bens confiscados e no mesmo chão se levantará um padrão pelo qual se conserve em memória a infâmia deste abominável réu".

Igual pena cominava a sentença para os Inconfidentes, réus Francisco de Paula Freire de Andrada, José Alves Maciel, Inácio José de Alvarenga, Domingos de Abreu Vieira, Francisco Antônio de Oliveira Lopes e Luiz Vaz de Toledo Piza, sendo o degredo perpétuo para a África, em regiões insalubres, o castigo para os demais, nada rezando a sentença em relação aos eclesiásticos, por se lhes ter feito, em separado, um processo secreto.

Quanto a Gonzaga, dizia o Acórdão da Alçada:

"Mostra-se, quanto ao réu Tomaz Antônio Gonzaga, que por todos os mais réus conhecidos nestas Devassas, era geralmente reputado por chefe dos conjurados, como o mais capaz de dirigi-los, e de se encarregar do estabelecimento da nova república, e suposto que esta voz geral, que corria entre os conjurados, nascesse principalmente das asseverações dos

SENDO RAINHA DE PORTUGAL D. MARIA I...

réus Carlos Correia de Toledo e alferes Tiradentes, e ambos negassem nos ap. nºs 1 e 5 que o réu entrasse na conjuração ou assistisse em algum dos conventículos que se fizeram em casa do réu Francisco de Paula e Domingos de Abreu, acrescentando o Padre Carlos Correia — que dizia aos sócios e conjurados que este réu entravam nela para os animar, sabendo que entrava na ação um homem, de luzes e talentos, capaz de os dirigir — e o réu Tiradentes que não negaria que soubesse para o eximir da culpa, sendo seu inimigo por causa de uma queixa que dele fizera ao Governador Luiz da Cunha Menezes, e igual retratação fizesse o réu Inácio José de Alvarenga do ap. nº 7 e fls. 14, pois tendo declarado no ap. nº 4 que este réu estivera em um dos conventículos que se fizeram em casa do réu Francisco de Paula, e que ele o encarregara da fatura das leis para o governo da nova república, na dita acareação não sustentou o que tinha declarado, dizendo que podia enganar-se, e todos os mais réus sustentam com firmeza que nunca este réu assistira nem entrara em alguns dos ditos abomináveis conventículos, contudo, não pode o réu considerar-se livre da culpa, pelos fortes indícios que contra ele resultam, porquanto: mostra-se que sendo a base do levante ajustado entre os réus o lançamento da Derrama, pelo descontentamento, que supunha causaria no povo, este réu foi um acerradíssimo perseguidor do Intendente-Procurador da Fazenda para que requeresse a dita Derrama, parecendo-lhe talvez que não bastaria para inquietar o povo o lançamento pela dívida de um ano, instava o mesmo Intendente para que requeresse por toda a dívida dos anos atrasados, e ainda que desta mesma instância queria o réu formar a sua principal defesa, dizendo que instava ao dito Intendente para que requeresse a Derrama, por toda a dívida, porque então seria evidente que ele não poderia pagar e a Junta da Fazenda daria conta à dita Senhora, como diz no Ap. nº 7 e de fls. 17 em diante, contudo desta mesma razão se conhece a cavilação do ânimo deste réu, pois, para se saber que a dívida toda era tão avultada, que o povo não a podia pagar, e dar à Junta da Fazenda conta à dita Senhora, não era necessário que o Intendente requeresse a Derrama; porém, o requerimento do dito Intendente é verossimilmente que esperavam os réus, principiasse logo a inquietação no povo, pelo menos os conjurados, e reputavam às instâncias que o réu fazia para que o Intendente requeresse o lançamento da Derrama por uma diligência primordial, que o réu fazia para ter lugar a rebelião. Jura testemunha a fls. 99 da Devassa de Minas.

Mostra-se mais dos Aps. nºs 4 e 8, que jantando o réu um dia em casa do réu Cláudio Manuel da Costa com o Cônego Luiz Vieira, o Intendente e o réu Alvarenga, foram todos, depois do jantar, para uma varanda, exceto o Intendente, que ficou passeando em uma sala imediata, e principiando na dita varanda entre os réus a prática sobre a rebelião, advertiu o réu Alvarenga de que se não continuasse a falar na matéria, porque poderia perceber o dito Intendente, o que consta a fls. 12, Ap. nº 4, fls. 7 e 9, Ap. nº 8; mas não houve dúvida em principiar a prática, nem também havia em continuá-la, na presença deste réu, sinal evidente de que estavam os réus certos de que a prática não era nova para o réu, nem temiam que ele os denunciasse, assim como se temeram e acautelaram do Intendente, tendo o mesmo réu já dado a mesma prova de que sabia o que estava ajustado entre os conjurados, quando em sua própria casa, estando presente o réu Alvarenga, lhe perguntou o Cônego Luiz Vieira pelo levante e o réu lhe respondeu que a ocasião se tinha perdido pela suspensão do lançamento da Derrama; e não lhe fazendo novidade que houvesse idéia de se fazer levante, deu bem a conhecer na dita resposta, que não só sabia do levante, mas também que ele estava ajustado para a ocasião em que se lançasse a Derrama ultimamente.

Mostra-se pelo Ap. nº 4 da Devassa desta cidade, das perguntas feitas ao réu Alvarenga, e pelo Ap. nº 4 da Devassa de Minas, das perguntas feitas ao réu Cláudio Manuel da Costa, ainda que nesta houvesse o defeito de se lhe não dar juramento, pelo que respeita a terceiro, que muitas vezes falara com o réu sobre o levante, e que ele se não atreveu negar nas perguntas que se lhe fizeram, confessando de fls. 17 em diante e fls. 19 v que algumas vezes poderia falar e ter ouvido falar a algum dos réus hipoteticamente sobre o levante, sendo incrível que um homem letrado e de instrução, tanto deixasse de advertir que o ânimo com que se proferem as palavras é oculto aos homens, que semelhante prática não podia deixar de ser criminosa, e especialmente na ocasião em que o réu supunha que o povo se desgostaria com a Derrama, e que ainda quando o réu falasse hipoteticamente, o que é inaveriguável, esse seria um dos modos de aconselhar os conjurados, porque dos embaraços ou meios que o réu hipoteticamente ponderasse para o levante, poderiam resultar luzes para que ele se executasse por quem tivesse ânimo, que o réu sabia que não faltaria em muitos, se lançasse a Derrama".

Como conseqüência de tais premissas judiciais, condenou-o, a Alçada, a degredo perpétuo em Angola.

Às mais terríveis crises de desespero entregaram-se as desgraçadas vítimas do férreo Tribunal.

Só Tiradentes não se perturbou nem perdeu a admirável coragem, misto de altivez e resignação que lhe consagrariam a extraordinária personalidade.

Na sala do oratório, ficaram apenas os condenados à morte, sendo os demais restituídos às suas prisões.

Desprezados os embargos à cruel sentença, somente a 20 de abril foi dado conhecimento aos desesperados inconfidentes, do Alvará de indulto concedido pela Rainha D. Maria I, comutando-lhes a pena em degredo perpétuo para os condenados à morte e reduzindo o prazo de exílio aos que o tinham por toda a vida, transferindo-se Gonzaga, para cumpri-lo pelo prazo de 10 anos, em Moçambique.

Apenas um não merecera a comiseração da rainha, porque a Providência Divina reservara-o para glorificação perpétua em sua pátria, e para que através dos tempos ficasse como modelo de amor à sua terra, de renúncia e de heroísmo: Tiradentes.

CAPÍTULO VI

Consumara-se o iníquo enforcamento do Alferes Xavier — o Tiradentes — com todos os requintes de barbaria, oferecendo a vítima, à multidão que assistira à sua execução, um exemplo admirável de energia moral e resignação.

Depois, em cumprimento da bárbara sentença, dividiram seu corpo em quatro partes que, com a nobre cabeça, foi tudo metido em barricas com salmoura e transportado para Minas, em tropa de animais, devidamente escoltada por soldados.

Aos míseros presos, em suas reclusões, chegaram os ecos das cornetas da farta tropa que desfilou até o Campo de S. Domingos, para maior realce do crime e profética glorificação prévia do protomártir, a quem os soldados do Brasil, perpetuamente, apresentariam armas e desfilariam em continência à sua efígie, pelos tempos afora.

Os artificiais regozijos públicos, ordenados pelo Governo, em desagravo a Sua Majestade, que esse assassinato pretendia significar, não conseguiram disfarçar a indignação pública, a tristeza profunda que invadira a cidade. Fizeram-se luminárias entre pragas e insultos ao poder reinante, sendo que reinóis ou naturais, nessa hora, se tinham feito todos brasileiros, no mesmo propósito de levar ao fim o que fora premeditado pelos sublimes heróis que, sob a chefia do esquartejado, integravam, definitivamente, na consciência pública a idéia da Independência do Brasil, que não tardaria a ser proclamada.

Os frades que assistiam espiritualmente aos presos, lhes tinham levado as narrativas daquele trágico dia, tirando delas as lições que seus deveres lhes inspiravam.

"...tem um palácio defronte..." — A CASA DE MARÍLIA

Precedendo o lúgubre comboio que levava os despojos sangrentos de Tiradentes para os postes de ignomínia, conforme a sentença da Alçada, muitas pessoas, cavalgando a trote largo, iam deixando ao longo do caminho, até Vila Rica, discretos testemunhos daquele dia de horror, sem outro comentário que o da voz comovida e o dos olhos cheios de lágrimas.

Acendiam-se luzes nos oratórios, desfiavam rosários em sufrágios do mártir e, desde então, cada um consigo, esperava que Deus lhe desse vida e saúde, para poder ver o sol do dia em que frutificasse a sementeira que o sangue glorioso de Tiradentes fizera brotar.

No fundo de sua prisão, Gonzaga recordava-se da nobreza desse morto, seu inimigo, que tivera seu destino nas mãos para uma vingança e que o exculpara tão calorosamente.

Agora, restava que se consumasse o destino dos demais. Aguardavam, a todo o momento, a partida para seus desterros.

Aos que deviam partir, facultaram as autoridades régias, comunicarem-se com amigos e parentes, provendo-se de necessidades que a longa prisão lhes teria criado. Vários portadores tinham partido para Minas, levando notícias às famílias dos implicados.

Tomaz Gonzaga conseguiu, de amigo, expedir um mensageiro a Maria Dorotéia, pedindo-lhe que se casassem e fossem juntos para o exílio, a fim de construírem uma nova existência e gozarem melhores dias, realizando os sonhos que lhe tinham sustentado a vida até então, através de todas as desgraças. Foi um apelo desesperado que endereçou à longínqua Vila Rica, acompanhando Gonzaga, hora por hora, com a imaginação, a viagem do cavaleiro, nas mãos de quem depusera o documento, de cuja resposta dependia, agora, ser feliz ou então eternamente desgraçado.

Seguia os dias de viagem, contando os minutos, vigiando atento o céu, receoso dos aguaceiros que pudessem retardar a marcha do portador, atrasando a resposta e a eventual viagem de Marília ao seu encontro.

Vivia sobressaltado com o pavor de que a nau da Índia, entrando a barra, para conduzi-lo à África, tornasse tardia a resposta que esperava de Vila Rica.

Ou resposta ou Maria Dorotéia em pessoa, que lhe viria pentear os cabelos embranquecidos, tratar das dores que as cadeias lhe tinham deixado nos pulsos e ouvir-lhe de viva voz, a comovente narrativa dos trágicos dias que vinha passando.

E o mensageiro foi galopando, chegou a Vila Rica, passou as três pontes e bateu às portas da Casa Grande. Marília continuava ausente em Itaverava.

O Tenente-Coronel João Carlos e seu irmão Dr. Bernardo Ferrão, as tias de Marília e seu pai, o Capitão Baltasar Mayrink, tomaram conhecimento da missiva de Gonzaga e puseram-se a decidir o difícil caso.

Uma coisa monstruosa tinha sido decidida pelo governo régio e dada a executar aos seus delegados na Capitania de Minas. Fora a proibição às famílias dos desterrados, de acompanharem os chefes ao seu destino.

Bárbara Eliodora, esposa de Inácio Alvarenga, que se dispusera a partir com os filhos para compartilhar a sorte do marido, fora avisada de que isso lhe era defeso, sob pena de prisão e outros rigores.

Levaram a Itaverava a carta de Gonzaga e explicaram a Maria Dorotéia a situação irremovível diante do formal impedimento de seguir o noivo no desterro africano.

Teria ficado assentada uma dilatória, visto como na carta não poderia ela tocar na proibição de que tinha conhecimento. Alegaria o mau clima, a conveniência de esperar uma nova modificação na sentença, mas dando a Gonzaga a liberdade de guardar, ou não, fidelidade ao compromisso para com ela.

Segundo era costume, como sinal de restituição de palavra, devolveu-lhe as "Liras", carinhosamente colecionadas por ela, desde o começo daquele trágico amor, ao que seus tios juntaram as que desde algum tempo vinham sonegando ao seu conhecimento. Na carta de despedida, dizia a Gonzaga que seguisse seu destino, que ela guardaria sempre no coração o amor por seu inditoso Dirceu.

Às vésperas da partida veio ter essa carta às mãos de Gonzaga. Foi para o desgraçado amante o golpe supremo, a desventura irremediável, a dor menos suportável que o ferira até então.

Abandonado até por sua Marília, que na hora amarga em que podia retribuir-lhe o amor com um ato de heroísmo, aceitando com ele o exílio, que juntos converteriam num paraíso, voltava-lhe as costas, alegando rigores de clima!

Custava a conciliar essa dolorosa realidade com a nobreza espiritual que Maria Dorotéia representava em sua imaginação.

Com o pequeno pacote de "Liras" entre as mãos, ora chorava ora ficava em silêncio, atormentando-se com perguntas e hipóteses, ou estuando de cólera, que se convertia prontamente em ternura e abatimento.

Por fim, a tristeza profunda dos desenganados apossou-se dele. O poeta emudeceu, então, para sempre, a divina lira do amor, mas a ninguém fez a menor queixa ou confidência em que mostrasse ressaibos pelo gesto de Marília, que ele supunha voluntário. Ninguém pôde jamais defender, ante Gonzaga, a conduta de sua noiva, porque ele jamais a acusou.

Sofrendo, continuou a amá-la em silêncio, sonhando e vivendo dentro do amor imortal que antes de levá-lo ao túmulo, minado pela saudade, havia de fazê-lo perambular pelas praias do exílio, murmurando baixinho o nome de Marília, às cálidas brisas do Oceano Índico.

Malgrado a dor que o pungia tentando ainda comover a bem-amada com a lembrança de seus amores, procurando ressuscitar em seu coração o afeto que ele acreditava extinto, entregou as "Liras" ao Dr. Antônio Ferreira França, seu amigo, para que as remetesse a Lisboa a seus irmãos, a fim de as imprimirem em livro, recomendando-lhes enviassem exemplares a diversos amigos seus em Vila Rica, inclusive a Maria Dorotéia.

Finalmente, na madrugada de 23 de maio de 1792, quando se completavam justamente três anos de sua prisão em Vila Rica, foi o Ouvidor Gonzaga levado, ainda sob ferros e escolta, para bordo da nau que fazia a carreira para a Índia. Era a "Nossa Senhora da Conceição Princesa de Portugal", um forte veleiro de três mastros, que, bem abastecido de água e mantimento, ao soprar o terral, ao anoitecer, desfraldou os largos panos, rumo da barra.

Eram nele conduzidos, para diversos pontos da África, outros degredados de Minas , José Aires Gomes, Vicente Vieira, João da Costa Rodrigues, Antônio de Oliveira Lopes, Vitoriano Veloso e Salvador do Amaral.

À altura da barra, fez o comandante retirar os ferros de todos os presos que conduzia, tratando-os com cordura e distinção.

Gonzaga, no tombadilho, olhando as montanhas no fundo da baía, das quais se distanciava, pensava consigo na ironia do seu destino que o fizera conspirador pela independência de uma pátria que não era sua, pelo amor de uma mulher que, entretanto, o abandonara quando ele, fulminado pelo castigo, pedira-lhe que compartilhasse de sua sorte. Amava-a contudo, e apesar de tudo. Perdoava-a e havia de continuar a viver da lembrança daqueles olhos, daquele rosto, daqueles cabelos, daquela voz meiga e suave que o tinham arrebatado e transformado sua existência tranqüila de magistrado numa calamitosa série de humilhações e dores.

Ela se enlevara por suas idéias de fazerem-na filha de uma pátria livre. Ela, Maria Dorotéia, sobrinha do Tenente-Coronel João Carlos, Ajudante-de-Ordens do Governo, contra o qual ele conspirara, nunca tivera palavras de condenação à sua atividade na conjuração malograda.

O navio se foi afastando da costa até perdê-la de vista. Depois, na vastidão do oceano, as trevas da noite desceram e as últimas estrelas, que Marília também podia ver, foram surgindo pelo céu. Recolheram-se todos às câmaras, onde nenhum dos degredados conseguiu dormir.

Eram recordações, eram saudades, cochichados uns aos outros, respeitando o inflexível silêncio de bordo, somente quebrado pelo roçar das águas no costado da nau e pelo ranger das enxárcias tesadas pelo vento, que lhes fazia pandas as velas.

Somente Gonzaga esquivava-se às conversas que importassem recordações. Fugia a tais assuntos e simulava desinteresse pelo passado. Procurava isolar-se, alternando crises de cólera com outras de amargo pranto, gastando nesses sofrimentos o resto das energias que lhe tinham sobrado nos penosos anos de cárcere e de ausência de Marília.

Tocaram em alguns portos africanos onde desembarcaram os condenados para Angola.

De Minas Gerais restavam ainda mais alguns, que iam para mais longe, para Moçambique. Ao passarem pelo Cabo da Boa-Esperança, lançou um último olhar ao horizonte na direção da terra do Brasil e esperou que a rota da nau interpusesse à sua vista a costa oriental do continente negro. Nesse último momento, do fundo do coração, ainda murmurou, num soluço, o nome de Marília.

Nos últimos dias de viagem, chegou a nau em frente à pequena Ilha de Moçambique, na costa oriental da África, que se destinara para degredo a Gonzaga.

Da coberta do navio divisava o poeta na planície, contornando a praia, o escasso casario cor de barro, em meio do qual os tetos de palha deixavam ver sua rusticidade selvagem. Somente a igreja de clássica arquitetura portuguesa, branqueava suas torres naquela paisagem parda, que um ar abrasado envolvia. Pela praia, negros seminus, mouros envolvidos em suas vestes brancas, soldados e mercadores apreciando o raro espetáculo de um navio naquelas desertas paragens.

Que diferença da formosa Vila Rica, engrinaldando de montanhas seu presepe de casas e igrejas, alvas e elegantes, plantadas pelas encostas de onde se despenhavam cantantes riachos de águas cristalinas. E a gente fina que a habitava, a elegância de seus hábitos sociais, a altura de sua inteligência!

E a cidade de Marília era evocada na alma do poeta exilado, em todos os seus detalhes e comparada com o primitivo povoado que Afonso de Albuquerque fundara e fortificara em 1505.

Se, entretanto, Marília estivesse ali a partilhar de sua sorte, até esse aspecto horrível se tornaria mais risonho e agradável. A Ponte de Antônio Dias, a Casa Grande, a linha das serras de Ouro Preto, o rumor de suas águas, de seus sinos, eram revividos pelo poeta que os relembrava dentro de si, enquanto a embarcação se aproximava da terra.

Desceram afinal, para os escaleres rumo da praia. Gonzaga foi recebido pelo Ouvidor que o deveria alojar algum tempo, segundo as instruções que recebera do Governo. Como era diferente do de Vila Rica esse casebre do Ouvidor de Moçambique. Tomaz Gonzaga procurou disfarçar seu sofrimento, afetando achar tudo bom ou tolerável.

Lembrava-se das razões porque, pensava ele, Marília deixara de o seguir ao degredo e no fundo do coração irritava-o, às vezes, um certo despeito que ele mal ocultava nas primeiras cartas que logo se pôs a escrever a diversos amigos.

Em quase todas, enviadas ao Rio de Janeiro ou a Vila Rica, a preocupação do poeta foi pintar melhor as coisas, esperando com isso opor contradita às supostas razões de Marília.

Uma delas dizia: "Cheguei a esta cidade nos últimos dias de agosto, sem uma tormenta e sem uma leve dor de cabeça. Desembarquei, e o Ouvidor me recebeu em sua casa, onde fico tratando de pôr a minha. Os habitantes da terra, todos me têm tratado como se eu viesse numa grande felicidade. Eu fiquei na ilha, que apenas terá meia légua de comprimento e onde reside tudo quanto é bom. Tem excelentes casas e não é tão feia como se pinta. Aqui estão muitos há longos anos, e vivem gordos, corados e sem moléstias. Não sofrem desmandos, mas quem se regula bem, vive com menos enfermidades do que se vive nessa terra. Aqui reina o negócio e todos me auguram felicidades: o tempo mostrará qual é o fim para que me conduz a Providência. Peço a V. Mc. que me avise de tudo e do estado de minhas dívidas, para dar as ordens e ir pagando. Eu escrevo repetidas vias, para ver se em Goa aparecem diversas embarcações que as levem, nem me esquecerei de ir dando conta de quanto for sucedendo".

Todo o empenho de Tomaz Gonzaga, nota-se, era comunicar-se com os amigos do Brasil, curioso em saber de tudo que por aqui se passasse. Contaria ele que Marília mudasse de resolução e partisse a seu encontro para juntarem-se no exílio? Parece que, sem falar claramente, Gonzaga esperou por isso.

Pouco tempo depois de sua chegada foi o poeta acometido de grave enfermidade que o prostrou longos meses ao leito, sendo transportado para casa do negociante português Alexandre Roberto Mascarenhas, onde melhor podia ser tratado. Doente do fígado desde a mocidade, abatido pelas desgraças e pelas privações, muito tempo jazeu entre a vida e a morte, assistido pela família do negociante com quem se

MARÍLIA ENVELHECIA EM MEIO ÀS MAIS DOLOROSAS RECORDAÇÕES...

hospedara. Afinal, para que maiores fossem seus sofrimentos, escapou da morte devendo tal fato, quiçá, aos desvelos da jovem Juliana Mascarenhas, filha do negociante que o acolhera.

Cessara, porém, a resistência moral em Gonzaga e o abatimento de ânimo dominou afinal. Era um psicastênico, autômato, obediente, sem reações de vontade, sem diretrizes próprias, sem personalidade. Sua presença em casa de Alexandre Mascarenhas, com essa filha de 19 anos, podia comprometer a honra da donzela.

Falaram-lhe, então, que se casasse com ela. Acedeu. Para acalmar os pruridos moralistas da maledicência local, e abatido pela miséria de sua terrível situação, consentiu em casar-se com Juliana. No processo de habilitação que assinou convalescente, encontra-se a fórmula afirmativa de que "nunca dera palavra de casamento a pessoa alguma".

Gonzaga assinava tudo. Para atender a despesas pessoais fez um empréstimo de cinco mil cruzados pelo prazo de dez anos a juros extorsivos com um usurário de nome Sa-ch'amich'aude.

O casamento realizou-se em maio 1793. O resto de sua existência levou-a Gonzaga vegetando estupidamente ao lado daquela criatura que ele não podia amar e que contrastava singularmente com seu ideal de outrora. Nunca mais escreveu versos. Duas poesias que lhe atribuem são apócrifas. Advogando em pequenos feitos forenses, administrando desastradamente algumas propriedades agrícolas de sua mulher, o antigo desembargador nos últimos anos de sua vida pleiteara e obtivera o humilde emprego de Juiz de Alfândega de Moçambique.

Suas petições, seus requerimentos, suas razões nos processos mostram uma irritabilidade nervosa exacerbada em alto grau.

Decorridos os dez anos de degredo, deixou-se Tomaz Gonzaga ficar naquelas paragens.

Seus parentes em Portugal haviam falecido quase todos. Demais, envergonhava-se da própria família que fundara. Gente rústica que escandalizaria a sociedade fina da Metrópole. Ignorava, completamente, a glorificação literária que envolvia seu nome.

Enquanto as edições dos poemas a Marília de Dirceu esgotavam-se rapidamente e em todos os salões de Portugal, as "Liras" eram cantadas com música de Marcos Portugal, o antigo poeta de Vila Rica mergulhava na neurastenia que havia de agravar-lhe o sofrimento nos últimos dias.

Em 9 de abril de 1812, falecia Tomaz Antônio Gonzaga, sendo sepultado na Sé da Ilha de Moçambique, sendo seus ossos transportados em 1835 para a Igreja de Cabaceira Grande, povoado fronteiro ao continente, depois do terremoto que abateu a velha catedral insular.

Pobre louco de amor que não pôde ver no seu último instante realizado o que almejara!

"Verterão os meus olhos duas fontes
Nascidas de alegria:
Farão teus olhos ternos outro tanto:
Então darei, Marília, frios beijos
Na mão formosa e fria,
Que me limpar o pranto.
Assim irá, Marília, docemente,
Meu corpo suportando
Do tempo desumano dura guerra.
Contente morrerei por ser, Marília,
Quem sentida, chorando,
Meus baços olhos cerra."

E entre os coqueirais de Moçambique no adro da Capela de N. Senhora dos Remédios de Cabaceira Grande, não se pode ler o epitáfio que ele imaginara para si e sua doce Marília, nos dias felizes de amor nas montanhas de Minas:

"Depois que nos ferir a mão da morte,
Ou seja neste monte ou noutra serra,
Nossos corpos terão, a sorte
De consumir o dois a mesma terra.
Na campa rodeada de ciprestes,
Lerão estas palavras os pastores:
— Quem quiser ser feliz nos seus amores,
Siga os exemplos que nos deram estes".

Como são misteriosos os desígnios de Deus!

CAPÍTULO VII

Maria Dorotéia Joaquina de Seixas não viu a cabeça do mártir Tiradentes espetada no poste de ignomínia da praça de Vila Rica. Nem, tampouco, moveu-a o desejo de ir às proximidades de Itaverava, na Estalagem da Varginha, olhar o pedaço do corpo do desgraçado alferes, pendurado por uma corda, num mastro plantado à beira do caminho, junto da casa do infeliz que fora desterrado, porque tomara parte em "conversas abomináveis", segundo a Alçada. O pobre João da Costa Rodrigues fora atirado à terra africana por dez anos, lá morrendo.

Vizinhos da Fazenda "Fundão das Goiabas", a mulher e os filhos desse cúmplice da Inconfidência, lá iam ter em busca de socorros que lhes matassem a fome, a que os condenara o confisco de seus bens. O coração bondoso de Marília abria-se-lhe em auxílios e consolações. Ela própria escondia de todos as torturas cruéis da saudade de seu amado Dirceu e a dor que a acompanhava na vida, pensando que ele a culpava de abandono, julgando-a uma ingrata!

Dirceu não lhe saía nunca da memória nem do coração. *L'absence ni le temps ne sont rien quand on aime*! [1].

Esquivava-se às raras visitas e somente quando não havia remédio aparecia aos amigos de seu pai que por ali transitavam de volta do Rio de Janeiro ou em caminho para ele, cheios de novidades, de detalhes do drama inconfidente.

Itaverava é um dos lugares mais lindos de Minas, pelos contrastes da paisagem, de montanhas, vales e campos

1. Alfred de Musset.

formosíssimos. Um dilatado horizonte deixa a vista estender-se e parece incitar às profundas meditações.

A Serra do Ouro Branco, defrontando-a ao nascente, veda a visão das distantes cordilheiras de Vila Rica. O mais dá vista livre para os mais largos descortinos.

Marília, no meio dessa paisagem formosa e agreste, isolava-se do mundo, fugia dos impertinentes comentários e concentrava-se em seu sofrimento, ou ocupando-se de pequenos trabalhos agrícolas ou de bordados. Vida triste. Um dia levaram-lhe o "Marília de Dirceu" impresso em Lisboa. Foi para ela uma terrível provação quando o imprudente amigo da família deixou-lhe nas mãos trêmulas o volume de versos.

Muda de emoção, as lágrimas saltando dos olhos, a pobre moça folheou, enternecida, aqueles versos que tinham sido seu orgulho, seu amor e seu martírio. Nunca mais os abandonou. Lia-os, relia-os sabia-os de cor, mas beijava o livro como se nele estivesse a alma de Gonzaga.

Notícias do deportado, ninguém se atrevia a dá-las. Era nome que se evitava pronunciar naquela casa, supondo todos que, com isso, Dorotéia o haveria de esquecer.

Ela própria, quando se referia ao amado Dirceu, dizia apenas: ele...

Em 1797, um ano antes de terminar o prazo de degredo de Gonzaga, pretendeu seguir para Lisboa, onde esperava encontrar-se com o antigo noivo.

Avisaram-na do casamento de Gonzaga com D. Juliana Mascarenhas. Fingiu indiferença e não o recriminou. Para ela, Gonzaga morrera desde o dia em que fora forçada a escrever-lhe a carta restituindo-lhe a palavra, as cartas e as "Liras". O Gonzaga que era seu, que lhe enchia as horas de recordações, era o Ouvidor de Vila Rica, o preso da Ilha das Cobras, o amoroso cantor. Depois, um silêncio envolveu o nome de Tomaz Gonzaga em Moçambique.

Com o correr dos anos, a vida afinal retomou seu curso. A ferida sangrava sempre, mas Marília adaptara-se ao sofri-

O PENSAMENTO DO POBRE EXILADO DE MOÇAMBIQUE
NÃO SE AFASTAVA DE VILA RICA

mento. Sua irmã Emerenciana, mais moça, deixara-se seduzir por um certo Queiroga e muito custou a Dorotéia e às suas irmãs o ocultarem ao pai e às velhas tias a vergonha que lhes acabava de acontecer. Mais tarde, Marília socorreria ao fruto desse amor, estipendiando-lhe a educação, quando Emerenciana, casando-se com outro que não o sedutor, deixou de prover ao filho suas necessidades.

Em 1815, morrendo o Capitão Baltazar Mayrink, abandonou Marília a fazenda, regressando a Vila Rica. Tinha, agora cerca de quarenta anos, mas em nada esmaecera sua admirável beleza. Voltada unicamente para a vida de piedade, não freqüentava as festas e somente convivia com gente íntima.

Um dia chegou-lhe a notícia da morte de Gonzaga. Tantos anos passados, nem por isso foi menor a dor da noiva infeliz. Ela não o esquecera nunca, nem o traíra.

Surgiu-lhe de novo a viva lembrança do noivo, no esplendor de seus anos, o coração aquecido por intensa paixão, a murmurar-lhe ternamente:

"Marília, Marília,
De tanta ternura,
Nos braços me deste
Da tua fé pura
Um doce penhor

Um triste Pastor.
Tu mesma disseste
Que tudo podia
Mudar de figura;
Mas nunca seria
Teu peito traidor."

No ambiente da Casa Grande, no cenário de Vila Rica, era como se ele vivesse. Naquela sala onde, na memorável noite do noivado, ele lhe recitara seu canto de triunfo, parecia, à Marília, ver Gonzaga assentado no sofá, declamando com o gesto largo, a voz comovida, o sorriso de orgulho, proclamar;

Eu é que sou herói, Marília bela!

Mas na janela da casa do Ouvidor, na ladeira da praça, outros rostos se mostravam quando ela por ali passava. Depois do casamento de sua sobrinha com o Ouvidor Gondim, que habitava essa casa, fora lá ter e, ao olhar no jardim dos fundos, o muro divisório onde tantas vezes se entretivera, ouvindo os galanteios de Gonzaga, sentia-se desfalecer de dor e de saudade.

Nada mudara nos cenários de Vila Rica. Os mesmos lugares, os mesmos aspectos, os mesmos sons de sinos roufenhos, as mesmas tardes vermelhas na Serra da Cachoeira, plenilúnios esplêndidos que a retinham até altas horas por detrás da vidraças da casa, chorando de recordações, ouvindo o canto triste dos grilos e o rumor da água do Córrego de Antônio Dias, murmurante entre os lírios e as "flores-da-noite", que o ladeiam em seu curso cristalino.

Depois, antes de se recolher, ia molhar de lágrimas o ressequido e desfolhado ramo de rosas que lhe levara Gonzaga no dia do noivado e que ela guardava piedosamente, emblema de suas existências de amor e martírios.

O perfume e o colorido das pétalas tinham desaparecido, convertendo-se em poeira no fundo da caixa. Os espinhos, esses tinham ficado intactos, como símbolos da dor que se perpetuara, ferindo as almas dos noivos de outrora.

Ali perto, na Matriz de Antônio Dias, ou na Igreja de São Francisco de Assis, de que era Terciária, rezava e assistia às missas que fazia celebrar pelo desgraçado Dirceu. Suplicava a Deus que a levasse para junto dele, para que lhe pudesse explicar que ela não tinha mentido ao seu amor, que o não seguira até o exílio, porque lho tinham proibido.

Enquanto isso, não lhe esqueciam os sufrágios por sua alma e em seu testamento feito em 1836, constava uma cédula secreta de cuja aplicação ficou incumbida, também secretamente sua testamenteira. Eram, certamente, missas para Tomaz Gonzaga.

A morte ia ceifando tudo em torno de Maria Dorotéia. Em 1817 morriam D. Tereza e D. Catarina, com intervalo de meses. Seus irmãos tinham tomado rumos diversos.

Em 1820, já então marechal reformado, falecia João Carlos Xavier da Silva Ferrão, que com ela habitava, de resto, na Casa Grande. Os amigos mais íntimos, as relações tradicionais, a gente de seu tempo, iam descendo ao túmulo, deixando-a isolada. Os aposentos do vetusto solar iam se esvaziando e os salões despovoavam-se. À grande mesa da sala-de-jantar, onde outrora se reuniam numerosas pessoas, alegres e descuidadas, ela agora se assentava sozinha. A própria casa tinha um aspecto de decadência e abandono. As cavalariças vazias, as seges atiradas a um canto, cobertas de teias de aranha. Somente o jardim, fronteiro à casa, floria sob os cuidados de Marília.

Passou a viver em sua companhia, mais ou menos nessa época, uma sua sobrinha, filha natural de seu irmão, Francisco de Paulo Mayrink. Essa boa senhora foi o amparo da velhice de Maria Dorotéia e executora de suas disposições testamentárias.

Abastada, gozando de fartos meios, nada contudo podia compensar àquela pobre beleza que envelhecia, o malogro de seus amores e a horrível crueldade do destino, que a fizera passar aos olhos do infeliz amante como capaz de o ter abandonado, na hora dolorosa da desgraça.

Em 1822, a Independência realizava o sonho malogrado da Inconfidência! Foguetório, aclamações populares na praça pública, glorificação dos precursores, paradas militares, cujos ecos iam até a Casa Grande, em cuja janela, Marília meditava, vendo realizar-se o sonho que custara tantas lágrimas, que levara uma cópia de irremediáveis desgraças a inúmeros lares, enlutando corações antes felizes e, a ela, tirando o supremo bem que fora o amor de Gonzaga. Festejaram-na como a uma heroína.

Marília ocultou-se. Os poemas de Gonzaga tinham-na celebrizado. Andavam lidos e recitados pelo Brasil inteiro, por Portugal, em várias edições e traduções em diversas línguas. A solidão embeleza tudo: As mulheres abandonadas são mais interessantes que as amorosas.[2]

Não lhe faltavam os apaixonados, nem os pedidos de casamento, que ela recusava. No esplendor da beleza alucinante que lhe era característica, dotada de luzes de espírito e de fortuna, era forte o assédio que lhe faziam os candidatos a esposo. Ela, porém, não traía a memória de Dirceu, cujo culto guardava secreto no fundo do coração.

Todos queriam conhecer a célebre Marília de Dirceu. Ninguém ia a Ouro Preto sem procurar espreitá-la por ocasião da missa matinal na Matriz de Antônio Dias, em São Francisco de Assis, ou então no Jubileu do Bom Jesus das Cabeças, a cuja romaria anual ela compareceu até avançada idade.

Humilhava-a a curiosidade de nacionais e estrangeiros, aos quais começava a decepcionar com os estragos da velhice. Todos, porém, divisavam em sua face enrugada, os traços da beleza antiga e olhavam-na com respeito.

As meninas da cidade festejavam-na e enchiam-lhe a casa, pedindo que lhes mostrasse o livro de poesias "Marília de Dirceu". A velhinha bondosa ia tirá-lo dos pés do oratório e

2. Maurice Barrés.

as jovens recitavam para Dorotéia, que as ouvia de lágrimas nos olhos, os poemas dos dias felizes.

Na Casa Grande, despovoada, iam morrendo os velhos escravos e já os filhos dos antigos serviam à remanescente da era passada, que por singular desígnio divino sobrevivia a todos. Ficava a pobre Marília deslocada de seu tempo, sobrevivendo sozinha sem o conforto moral de um comentário sobre as felicidades ou desditas do passado.

O neto da rainha de Portugal que não perdoara o Inconfidente Dirceu, ia a Ouro Preto, como Imperador do Brasil, mas a cidade onde fora exposta a cabeça do protomártir, recebeu-o friamente. Nessa hora, Marília sorriu.

Muito mais tarde, os sinos dobraram a finados e a notícia da morte de D. Maria Dorotéia Joaquina de Seixas espalhou-se rapidamente por Ouro Preto, levando toda gente, compungida, à Casa Grande, no fundo do Bairro de Antônio Dias.

Em branco caixão, engrinaldado de flores de laranjeira, uma velhinha de oitenta e cinco anos dormia o sono eterno. Finalizava Marília, nesse dia, sua existência, balbuciando entre as orações da agonia o nome adorado de Dirceu.

Era o dia 10 de fevereiro de 1853. Seus funerais foram uma consagração da estima que fruía, na cidade, a heroína dos poemas de Tomaz Antônio Gonzaga. Às nove horas da noite, como era de uso, deixou o cortejo a Casa Grande, em demanda da Matriz de Antônio Dias.

Todas as irmandades, confrarias, autoridades civis, militares, religiosas, grande massa do povo empunhando círios, em longas filas, compunham o acompanhamento dos despojos de Marília de Dirceu. Na imensa nave da igreja, levantara-se o assoalho no local da sepultura número 11. Nela depuseram o branco esquife de Marília; a terra cobriu-o, e as tábuas foram repostas. Nenhuma inscrição, além do número e do registro no livro de óbitos.

MARÍLIA NA EXTREMA VELHICE SOMENTE VIVIA DO PASSADO.

A lembrança ficara perpetuada no coração dos homens e nos poemas de Gonzaga. Mas tanto sofrimento deixou à sua cidade natal um legado de melancolia, que se incorporou como intrínseco ao nome e ao aspecto de Ouro Preto, pela recordação constante e inapagável dos desgraçados amores de Marília e de Dirceu.

Falam deles o funéreo som dos bronzes no alto dos campanários, o rumor soluçante das águas no fundo dos vales penhascosos, a passagem impetuosa dos ventos nas gargantas da cordilheira, o colorido embaciado da paisagem.

Nas belas noites em que a lua banha a cidade e suas montanhas, instilando essa saudade vaga e inexplicável que se apodera da alma da gente, não há ninguém que, subindo aquelas ladeiras desertas, olhando o vulto branco das igrejas e dos velhos solares silenciosos, escorridos de negrume pela ação dos anos, não sinta um aperto no coração, recordando-se de Tomaz Antônio Gonzaga e de Maria Dorotéia, esse par de mártires que a glória consagrou em Marília de Dirceu. Mas *As glórias que vêm tarde já vêm frias*.

É por isso que murcham tão depressa as flores que um ou outro sentimental deixa cair nessa sepultura nº11 da Igreja de Antônio Dias, na qual não se pôde escrever o epitáfio:

Quem quiser ser feliz nos seus amores
Siga os exemplos que nos deram estes.

Gonzaga e Marília, separadas suas cinzas por centenas de milhas, uniram suas memórias para sempre, nos corações dos homens. Disse-o muito bem Beatriz Brandão, a sobrinha de Dorotéia:

"Essa beleza, que imortalizara
Do mais terno amador a acorde lira;

Essa Marília de Dirceu querida,
Cessou de respirar, já não existe!
Cerram-se esses olhos poderosos
Que inspiraram tão doces pensamentos
Ao vate delicado, e inda nas sombras

Da esquálida masmorra iluminavam
O coração e a mente atribulados
Da vítima infeliz da prepotência,
Onde instruído de amorosa indústria,
Tinta e pena formou de espécie nova,
Para escrever à sua bem-amada.

E com traços de fogo assim pintar-lhe
De seu infausto amor, toda a veemência.
Foste amada, Marília, e se o teu nome
A par de Laura e Beatriz ressoa
No orbe literário; se interessa
Teu destino aos mortais, a amor o deves;
O amor de um vate, dá posteridade,
E inda mais se as desgraças o selaram!
Dirceu o tinha dito, inda no tempo
De suas mais suaves esperanças,
Nesta lira tão simples, tão sincera,
Tão cheia de conceito e de verdades!

Minha Marília
Se tens beleza
Da natureza

É um favor;
Mas se aos vindouros
Teu nome passa,
É só por graça
Do Deus de amor,
Que o terno inflama
A mente e o peito
Do teu Pastor.

Foste linda, Marília, foste amável
Possuíste mil dotes agradáveis;
Mas o tempo teria mergulhado
No abismo do eterno esquecimento

Todos esses encantos, se os suspiros
De um vate apaixonado, modulados
Ao patético som da acorde lira
Não tivessem teu nome eternizado.
A desventura aviva-lhe a memória,
As desgraças do amor são mais tocantes;
Abelardo e Heloísa serão sempre
Objetos de piedosa simpatia.
Assim do teu cantor o acerbo fado

Se nos antolha, quando contemplamos
Nesse véu mortuário, que te envolve,
Na mudez dessa lousa, que te encobre
Aos olhos dos mortais, não à lembrança,
Que em quanto houverem corações sensíveis,

A SEPULTURA NÚMERO 11 DA MATRIZ DE ANTÔNIO DIAS,
RECEBEU O CORPO DA NOIVA INFELIZ...

Amor e Poesia, os gratos nomes
De Marília e Dirceu serão lembrados,
Seu amor e desgraças lamentados."

Por fim, os invejosos sabotadores da obra dos que procuram servir à sua Pátria foram vencidos. Depois de delongas e torpes sofismas, os despojos de Marília de Dirceu foram recolhidos ao Panteon da Inconfidência em Ouro Preto...

APÊNDICE I

AUTO DE SEQÜESTRO DOS BENS DE TOMAZ ANTÔNIO GONZAGA, EFETUADO EM VILA RICA NO DIA 23 DE MAIO DE 1789.

Ano de nascimento de Nosso Senhor Jesus Cristo, de mil setecentos e oitenta e nove anos, aos vinte e três dias do mês de maio do dito ano, nesta Vila Rica de Nossa Senhora do Pilar de Ouro Preto, em casas de morada do doutor desembargador Tomaz Antônio Gonzaga, onde veio o doutor desembargador e ouvidor-geral atual desta comarca, Pedro Pereira, digo, Pedro José de Araujo Saldanha com o doutor José Caetano Cesar Manitti, ouvidor-geral e corregedor atual da comarca e vila de Sabará, comigo tabelião, ao diante nomeado e assinado, e o escrivão da ouvidoria desta mesma vila, José Veríssimo da Fonseca, para o efeito de se fazer o inventário, digo, de se fazer a apreensão e seqüestro em todos os bens que forem achados, pertencentes ao dito desembargador Gonzaga, por ordem que tiveram, eles ditos ministros acima declarados, do ilustríssimo e excelentíssimo Visconde de Barbacena, governador e capitão-general desta capitania; e entrando na averiguação dos bens são os seguintes, digo, são os aqui escritos; e para constar mandaram, eles, ditos ministros, fazer este auto, em que, no fim do seqüestro, se assina,: E eu Antonio Francisco de Carvalho, tabelião, que o escrevi.

— Item seis garfos e seis colheres de prata novos; Item uma faca de mato, com guarnições de prata e o cabo preto; Item um dedal de ouro; Item uma presilha de chapéu, de pingos d'água engastados em prata; Item oito colheres maiores, de prata; Item cento e cinqüenta e nove oitavas de prata velha; Item uma fivela de prata, de cinto, que servia na beca; Item um jarro e bacia de prata; Item duas salvas de prata, uma maior e outra mais pequena; Item uma cafeteira de prata, com cabo preto; Item um bule de prata, com cabo preto; Item uma leiteira de prata; Item dois castiçais de casquinha de prata, já usados; Item um açucareiro de prata com tampa; Item quatro colherinhas com sua escumadeira de chá, tudo de prata e tudo fazem cinco peças; Item oito colheres maiores, de prata; Item uma colher grande, de sopa, também de prata; Item dez facas e oitos garfos de ferro, com cabos de casquinha; Item um relógio de pechisbeque, ou ouro, com seu esmalte nas costas e sua corrente; Item uma pedra cravada de ouro bruto; Item salvinha pequenina de prata com beira lavrada e uma barrinha de prata junto com a mesma, que tudo se acha embrulhado em um papel com sobrescrito por fora, que diz — Senhor Feliciano José Neves Gonzaga, Rio de Janeiro; Item um papel com quarenta e seis oitavos de crisólitas brutas; Item outro papel com quinze com, digo, quinze oitavas de crisólitas brutas, e tem outro papel com nove topázios. Digo, papel com onze oitavas de crisólitas brutas; Item um papel com nove topázios brutos, uma água-marinha pequena e outras pedras brancas de pouco ou nenhum valor; Item um espadim de prata todo aberto em grande; Item outro espadim de prata dourada, francês; Item uma bengala com castão de ouro lavrado; — Cobre. — Item um caldeirão grande de cobre; Item uma cafeteira de cobre; Item uma chocolateira de cobre; Item um tachinho de cobre, pequeno; Item uma imagem do Senhor Crucificado de marfim; — Latão — Item um candeeiro de latão usado; Item uma bacia de arame, de cama; Item digo de cama — Roupa — Item um colchão de riscado azul, e um colchão do mesmo; Item dois lençóis finos e um deles com babados de cassa lavrada, com travesseiro e fronha do mesmo; Item uma colcha de damasco carmezim, usada; Item quatro punhos para camisa, de cambraia, bordados, novos em folha; Item uma caldeirinha de prata com sua corrente nova, que estava dentro do baú da roupa; Item uma toalha de mesa adamascada, usada; Item uma dita de algodão, nova, grande, com barras azuis; Item uma dúzia de guardanapos da mesma; Item mais outra toalha, também grande, adamascada; Item outra dita grande adamascada, quase nova; Item mais outra grande de algodão fino lavrada com listas encarnadas; Item onze guardanapos pertencentes à dita; Item oito guardanapos adamascados, de vários feitios; Item quatro ditos de Guimarães; Item duas toalhas de mão, de Guimarães; Item outra dita; Item uma toalha de mão, de bretanha lisa; Item três véstias de chita e uma de belbute, que fazem quatro; Item três toalhas de mão finas, com seus babados; Item uns calções brancos de chita; Item cinco penteadores lisos de bretanha; Item três ditos com babados; Item oito pares de ceroulas de bretanha; Item sete camisas finas com punhos bordados; Item doze camisas com babados lisos; Item três lençóis de algodão da Índia, mais um dito; Item seis lençóis de bretanha lisos; Item dois ditos finos com babados; Item três fronhas de travesseiro, grossas de pano de linho, e três ditas de almofadinha, e uma dita das pequenas; Item cinco ditas mais pequenas; Item três ditas grandes com babados; Item três pares de meias de seda brancas, usadas; Item quatro véstias brancas e três de chita; Item um calção de chita; Item seis pescocinhos de cambraia; Item quatro pares de luvas de algodão finas; Item duas camisas de bretanha lisas; Item três guardanapos de Guimarães; Item uma fronha pequena; Item um lenço branco fino; Item cinco pares de meias de linho; Item um pescocinho de cambraia; Item uma tenaz de prata para açúcar de pedra; Item um par de fivelas de prata e para sapatos; Item um jogo de fivelas de pechisbeque, de sapatos e calção; Item um jogo ditas de sapatos e calção, de pedras brancas — Roupa de cor — Item uma beca inteira de setim, com bandas bordadas; Item uma dita de pala preta; Item um vestido de casaca, véstia e calção de seda amarelo-tostado; Item outro dito da mesma cor e fazenda, a véstia bordada e a casaca caseada de prata; Item outra casaca e calção de seda cor de bicho de couve, com véstia de setim bordada; Item véstia, casaca e calção de seda cor de flor de pessegueiro; Item um dito de pano cor de vinho caseado de ouro; Item um vestido de brilhante, casaca e calção; Item um dito de belbute lavrado, casaca e véstia; Item um fraque de chita roxa; Item um dito cor de camurça com ramos roxos; Item um vestido inteiro de seda preta; Item uma véstia e dois calções de setim preto; Item um fraque e véstias e dois calções de setim preto; Item um fraque de pano verde, com véstia de setim preto, digo, setim verde; Item um fraque de camelão roxo; Item um dito de baetão cor de rosa; Item um dito com sua véstia de baetão cor de vinho; Item um dito de droguete azul, já usado; Item três véstias de seda branca bordadas de ouro e cores; Item uma véstia de brilhante; Item um calção de duraque preto; Item dito de pano encarnado; Item um colete de baeta branca; Item uma bolsa de cabelo; Item uma gravata preta de seda; Item uma colcha de damasco carmezim, com babados da mesma cor, sem forro; Item uma dita de seda carmezin com ramos brancos e forrada de chita; Item duas mesas de jacarandá com suas gavetas; Item quarenta e três livros de folha de vários autores, franceses, portugueses e latinos; Item sete ditos de meia folha, da mesma qualidade; Item quarenta e três de quarto dos mesmos; Item um cavalo castanho, que diz se acha em S. Bartolomeu. Estes foram todos os bens que se acharam em casa do dito desembargador Tomaz Antonio Gonzaga, aonde os ditos ministros ao princípio e no auto declarados deferiram o juramento dos Santos Evangelhos a Manuel José da Costa Mourão, que nas ditas casas se achava, em que pôs sua mão direita, sob cargo do que lhe encarregou que, com ele dito Mourão morava e assistia nas ditas casas, em que também morava o dito desembargador Gonzaga, declarasse se sabia de mais bens de qualquer qualidade que fosse e pertencessem ao dito ministro sequestrado o declarasse; e recebido por ele o juramento, declarou que os bens pertencentes ao dito ministro seqüestrado eram unicamente os que se achavam inventariados, e que não tinha notícia de mais algum, e que protestava declará-lo perante ele ministro; e dos ditos bens, aqui descritos no presente seqüestro, ficou ele dito Mourão por depositário dos mesmos, e deles se deu por entregue e se sujeitou às leis de fiel depositário, a quem eu tabelião, por mandado dos mesmos ministros, notifiquei para que dos ditos bens seqüestrados não dispusesse sem especial ordem deles ministros, pelo que tiveram do Ilustríssimo e Excelentíssimo Senhor General. E de tudo, para constar, me mandaram eles ditos ministros fazer este Termo de encerramento, em que nele assinarão com o dito depositário e comigo tabelião e dito escrivão da ouvidoria. E eu Antonio Francisco de Carvalho, tabelião que o escrevi e assinei — Saldanha — Manitti — Antonio Francisco de Carvalho — Manuel José da Costa Mourão — José Veríssimo da Fonseca — E logo no mesmo dia, mês e ano, no auto de seqüestro retro declarado e na ocasião em que o mesmo foi feito se achou no dito seqüestrado, o doutor desembargador Tomaz Antônio Gonzaga, sessenta mil réis em dinheiro de prata, a qual quantia foi entregue ao mesmo pelos ditos ministros, o doutor desembargador, Pedro José de Araujo Saldanha e o doutor José Caetano César Manitti, ouvidor da comarca de Sabará, para despesa de sua viagem a que foi preso no dia de hoje, pelo assim determinar o Ilustríssimo e Excelentíssimo Senhor Visconde de Barbacena, governador e capitão-general desta capitania. E, para assim constar, mandaram os ditos ministros fazer esta declaração, na qual assinarão, e o escrivão da ouvidoria. E eu, Antonio Francisco de Carvalho, tabelião que a escrevi e assinei. — Saldanha — Manitti — Antonio Francisco de Carvalho — José Veríssimo da Fonseca — Ano de Nascimento de Nosso Senhor Jesus Cristo, de mil setecentos e oitenta e nove anos, aos vinte e três dias do mês de maio do dito ano, nesta Vila Rica de Nossa Senhora do Pilar de Ouro Preto, em casas de morada do doutor desembargador Tomaz Antônio Gonzaga, donde vieram os sobreditos doutor desembargador Pedro José de Araujo Saldanha, ouvidor-geral desta comarca com o escrivão do seu cargo, José Veríssimo da Fonseca, e o doutor José Caetano César Manitti, comigo tabelião ao diante nomeado, e sendo aí, em cumprimento de uma ordem do Ilustríssimo e Excelentíssimo Senhor Visconde de Barbacena, Governador e capitão-general desta capitania, datada a vinte e um do corrente mês e ano, pelos ditos ministros se procedeu na apreensão de todos os papéis pertencentes ao referido desembargador Gonzaga, digo desembargador Tomaz Antônio Gonzaga, sendo a tudo presentes os ditos, escrivão da ouvidoria e eu tabelião, de que damos as nossas fés, os quais papéis, assim apreendidos e achados em diversas gavetas, foram todos logo no mesmo ato arrecadados e incluídos em um saco de estopa, cosido e lacrado na boca com dez pingos de lacre vermelho, todos firmados com o sinete de armas reais, que neste mesmo ato foi apresentado pelo dito doutor desembargador e ouvidor desta comarca; e, como assim se executou a referida diligência e apreensão, me mandaram eles ministros fazer este auto, em que assinarão comigo Antonio Francisco de Carvalho, tabelião, que o escrevi, e o dito escrivão da ouvidoria. Declaro que o dito saco, assim cosido e lacrado, ficou em poder dele ministro, doutor desembargador Pedro José de Araujo Saldanha, até segunda ordem do dito Excelentíssimo general; eu, o sobredito tabelião, o declarei. — Saldanha — Maniti — Antonio Francisco de Carvalho — José Veríssimo da Fonseca — E logo no mesmo dia e mês e ano retro declarado, e no mesmo ato na presença dos referidos ministros e de mim tabelião e dito escrivão da ouvidoria, sendo vistos e examinados os baús aonde se achavam as roupas do dito desembargador Tomaz Antônio Gonzaga, foram achados mais papéis, que todos foram do mesmo modo apreendidos e metidos em outro saco, também cosido e lacrado, tudo na forma do primeiro, o qual

REGISTO DE BATISMO
DE
TOMAZ ANTÔNIO GONZAGA

s. 4 — Livro de Registo Paroquial da Freguesia
de S. Pedro de Miragaia.
Ano de 1744

Thomaz filho legitimo do Licenciado João Bernar-
do Gonzaga, e de Dona Thomazia Isabel Gonzaga
moradores na Rua dos Cobertos desta Freguezia
nasceo a onze de Agosto de mil e sete Centos
e quarenta e quatro, e foy por mim baptizado
a dous de Septembro do mesmo anno, sendo pa-
drinhos o Reverendo Domingos Ferreyra de Abreu
digo Domingos Ferreyra de Abreu asistente
na Cidade de Lisboa tocou por elle Compro-
curação o Reverendo Licenciado Antonio de
Campos Conego Magestral da Sé desta Cida-
de e tocou tambem o menino o Doutor Dezembar-
gador desta Relação João Barrozo Pereyra as-
sistente na Rua dos Ferradores da Freguezia de
Santo Ildefonso suburbio desta Cidade forão
testemunhas as abaixo comigo asinadas desta
mesma Freguezia, e por verdade fiz este asento
que asiney Era ut supra.

O Abbade Manoel da Cruz
O P.e Raymundo Marques
[illegible]

[illegible]

fica também em poder do dito ministro desembargador Pedro José de Araujo Saldanha até decisão do mesmo Ilustríssimo e Excelentíssimo Senhor Visconde de Barbacena, governador e capitão-general desta capitania; e, para do referido constar, lavro o presente termo, em que nele assinam os ditos ministros comigo tabelião, e o escrivão da ouvidoria: E eu Antônio Francisco de Carvalho, tabelião que o escrevi e assinei — Saldanha — Manitti — Antonio Fonseca de Carvalho — José Veríssimo da Fonseca. E nada mais continha o seqüestro feito ao seqüestrado doutor desembargador Tomaz Antônio Gonzaga, e o termo que se fez dos papéis que em sua casa se achavam com cujo teor eu escrivão, ao diante nomeado e assinado, bem e fielmente o fiz passar o presente translado do próprio seqüestro feito e termo, que tudo em meu poder e cartório se achava, ao qual me reporto, e este conferi, subscrevi e assinei com outro oficial de justiça comigo aqui assinado por ordem vocal do doutor desembargador, ouvidor-geral e corregedor atual desta vila e comarca, Pedro José de Araujo Saldanha, por me dizer que assim lhe havia determinado o Ilustríssimo e Excelentíssimo Senhor Visconde de Barbacena, Governador e capitão-general desta capitania, nesta Vila Rica de Nossa Senhora do Pilar do Ouro Preto, aos dezoito dias do mês de agosto de mil setecentos e oitenta e nove anos: E eu, Francisco Xavier da Fonseca, escrivão da ouvidoria o subscrevi, assinei e conferi — Francisco Xavier da Fonseca — Conferido comigo inquiridor Manuel Tomé de Souza Coutinho.

APÊNDICE II

No livro 3, fls. 122 verso, da Irmandade de São Francisco de Assis da Cidade de Ouro Preto encontra-se o seguinte assentamento:

"A irmã D. Maria Dorotéia Joaquina de Seixas. Antônio Dias.

Pelo que vem a dever a conta no L. 2,

fls. 211 até 1833	102$375
Engano na Profissão	$175

O SECRETÁRIO CINTRA

Anual de 1 ano até 1834	1$200
Espa. de Ministra em 1835	50$000
Anuais até 1849	16$800
D. os até 1851	2$400
Remida por despacho da Mesa, de 18 de Janeiro de 1852 pela quantia de	5$070

Falecida a 10 de fevereiro de 1853. Jaz na Matriz de Antônio Dias.

Do L. 2 da mesma Irmandade consta a fls. 211 que ela foi recebida na Ordem a 2 de agosto de 1793 e professou em 18 de março de 1795.

APÊNDICE III

TESTAMENTO DE MARÍLIA DE DIRCEU

EM NOME DA SANTÍSSIMA TRINDADE, AMÉM

Eu, Maria Dorothea Joaquina de Seixas, achando-me em perfeita saúde e entendimento, ordeno o meu TESTAMENTO na forma seguinte:

Sou natural desta cidade, filha legítima do Capitão Balthazar João Mayrynk e de sua mulher Dona Maria Dorothea Joaquina de Seixas, já falecidos. Instituo por meus testamenteiros e universais herdeiros, Dona Francisca de Paula Manso de Seixas, que vive em minha companhia e Anacleto Teixeira de Queiroga que, ao presente, é residente no Rio de Janeiro, para que cada um de *per si e In Solidum*, possam ser meus testamenteiros, benfeitores e administradores de todos os meus bens, até vendê-los fora de Praça, para repartirem entre ambos o líquido da herança, depois de pagas as dívidas que ainda existirem de meu tio o snr. João Carlos. Deixo em prêmio ao testamenteiro que aceitar esta testamentaria, cem mil réis e o prazo de quatro anos para conta final. Declaro que deixo uma cédula minha testamenteira, a qual não será obrigada a apresentá-la em Juízo e só

NOTA DE AUGUSTO DE LIMA JÚNIOR: Marília escolheu a data de seu nascimento, 2 de outubro, para redigir seu Testamento. Foi batizada a 8 de novembro de 1767 na Matriz de Nossa Senhora do Pilar de Ouro Preto.

com juramento se levará em conta a despesa que com a mesma fizer. Deixo à eleição de minha testamenteira as disposições de meu funeral e só recomendo que meu corpo será sepultado em cova da Ordem de São Francisco de Assis, e que por minha alma se celebrem quantas missas de Corpo Presente couberem no possível da esmola de mil e duzentos cada uma, e também que se digam as de São Gregório e por esta forma da Lei, hei por findo o presente instrumento, por mim feito e assinado, nesta Cidade de Ouro Preto a 2 de outubro de 1836. Maria Dorothea Joaquina de Seixas. (Cópia do Arquivo de Augusto de Lima)

APÊNDICE IV

UM ROTEIRO ESPIRITUAL, TRUNCADO PELA INCOMPREENSÃO, RETOMOU SEU RUMO VERDADEIRO. CERIMÔNIA QUE CAUSOU FUNDA EMOÇÃO NAS ALMAS SENSÍVEIS. UM ASTRO ILUMINA ESTRANHAMENTE OS CÉUS DE OURO PRETO.

Augusto de Lima Júnior

Em abril de 1936, o escritor mineiro, autor destas notas, escreveu um pequeno livro com o título AMOR INFELIZ NA MARÍLIA E DIRCEU.

No prefácio, dirigiu um apelo ao então presidente Getúlio Vargas, no sentido de que fossem repatriados os restos de Tomaz Antônio Gonzaga, o infortunado noivo de Maria Dorotéia, para que eles repousassem junto dos da sua espiritualizada Marília, símbolo da beleza eterna e como tal consagrada pelos homens de espírito.

Getúlio Vargas, que se encontrava na Fazenda de São Mateus, hóspede do Dr. João de Rezende Tostes, acedeu ao pedido do escritor e fazendo-o lá ir, em companhia do Ministro da Educação, Dr. Gustavo Capanema. Depois de informar-se da possibilidade desse repatriamento, deferiu o pedido, encarregando o próprio solicitante de redigir o decreto que ele desejaria assinar ali mesmo, em terras de Minas. Animado com tão pronta aquiescência por parte do

Sr. Getúlio Vargas, o escritor mineiro ampliou esse repatriamento aos demais inconfidentes mortos no degredo e ainda conseguiu do Presidente da República que, no Decreto, fosse incluída determinação de que lhes fosse elevado em Ouro Preto um monumento, onde ficasse perpetuada na glória dele, a vida e a obra dos que haviam construído a Capitania, que forjara na cabeça e no coração dos seus moradores a idéia de Independência e de República no Brasil.

Getúlio Vargas, após sua assinatura ao decreto, providenciou sobre sua execução e os despojos dos inconfidentes vieram para o Brasil; fundou-se o Museu da Inconfidência onde foram recolhidos em sala especial os preciosos despojos. Mas para que se esquecesse a origem de tantas consagrações aos heróis de 1789, foi necessário que Marília de Dirceu também ficasse esquecida... em sua sepultura na Matriz de Antônio Dias.

Entretanto, o mesmo filho de Minas que tomara o encargo de trabalhar pelas glórias de sua terra, não descansou. Antes que se inaugurasse o Museu da Inconfidência, promoveu junto das autoridades eclesiásticas, a diligência da exumação dos despojos de Marília, a fim de que ficasse à disposição dos burocratas que agora se encarregavam de executar o Decreto assinado na Fazenda de São Mateus e redigido pelo já citado filho de Minas.

A exumação se fez, conforme termo transcrito em seguida, e as cinzas de Marília foram colocadas numa pequena urna, oferecida por Dona Olívia Cabral Peixoto, residente no Rio de Janeiro.

O termo foi o seguinte:

TERMO DE ABERTURA DE SEPULTURA E RECONHECIMENTO DOS DESPOJOS DE DONA MARIA DOROTÉIA JOAQUINA DE SEIXAS, A QUE SE PRO-

CEDEU NA MATRIZ DE N. S.ª DA CONCEIÇÃO DE ANTÔNIO DIAS

"Aos vinte dias do mês de abril do ano do nascimento de N. S. Jesus Cristo de mil novecentos e trinta e oito, nesta Matriz de N. S.ª da Conceição de Antônio Dias, onde foi vindo o Revmo. Vigário, Pe. Antônio Gabriel de Almeida Carvalho, e sendo presentes o Dr. Washington de Araújo Dias, Prefeito Municipal, o Dr. Raimundo Gonçalves da Silva, juiz de Direito da Comarca; professores doutores José Felipe de Santa Cecília e Eliseu Pereira Ribeiro, especialmente convocados, comigo Antônio Augusto de Lima Júnior, Delegado Federal, para o repatriamento dos inconfidentes mortos no degredo, pelo mesmo vigário foi dito que, de ordem do Exmo. Revmo. Sr. Arcebispo Metropolitano, D. Helvécio Gomes de Oliveira, por Provisão dirigida ao Vigário Forâneo, Monsenhor João Castilho Barbosa, e encaminhada a ele vigário desta freguesia, iria proceder à exumação dos despojos de Dona Maria Dorotéia Joaquina de Seixas, historicamente conhecida como Marília de Dirceu, com esse nome consagrada nos versos imortais de seu malogrado noivo, o Desembargador Tomaz Antônio Gonzaga, morto no degredo e cujas cinzas foram transportadas para o Brasil por ato do Governo Federal. E como do Registro de Óbitos desta matriz de Antônio Dias, constasse o sepultamento de D. Maria Dorotéia sob a campa número onze, na capela-mor e nos mesmos registros não constasse nenhum outro sepultamento posterior, sob a mesma campa, acordaram os presentes em que dúvida não havia sobre a identificação do local do sepultamento; e como assim fosse, determinou o mesmo vigário que fosse levantada a campa pelos trabalhadores que ali se achavam para esse fim fornecidos pelo Dr. Washington Dias, o que foi feito: e sendo escavado o local, deu-se com uma crista de terreno chistoso, dividindo sepulturas, pelo que foi feita escavação à direita, sob o barrote, encontrando, à profundidade de sete palmos do assoalho, coberto de terra, um caixão de madeira em mau estado, com restos de madeira apodrecida e galões prateados, já oxidados, apresentando a cor esverdeada; e removidos os restos do caixão e a terra que ele continha, encontraram-se várias partes de um esqueleto humano que foram reconhecidos como pertencentes a pessoa de compleição franzina, e ainda restos de flores prateadas, pedaços de um rosário de S. Francisco, o que tudo foi reconhecido pelo vigário e por todos os presentes, como pertencentes aos despojos de D. Maria Dorotéia, ficando os mesmos sob a guarda do Revmo. Padre Carvalho. Pelo que eu, Antônio Augusto de Lima Júnior, lavrei o presente termo, que vai assinado pelo Revmo. Padre Antônio Gabriel de Almeida Carvalho, pelas demais pessoas acima declarados e por dona Theodósia de Castro Cerqueira de Lima, que assistiu a todos os atos acima declarados.

Ouro Preto, na Matriz de Antônio Dias, vinte de abril de mil novecentos e trinta e oito" (seguem-se assinaturas).

A cerimônia que se ia proceder nessa tarde da transladação dos restos de Marília de Dirceu para o Museu da Inconfidência era, pois, o cumprimento do decreto de 20 de abril de 1936, inexplicavelmente procrastinado, que agora, graças à intervenção do Dr. Clóvis Salgado Gama, junto ao Ministro da Educação, o escritor Cândido Mota Filho, tinha sua plena execução.

A urna que se encontrava na Matriz de Antônio Dias ia ser conduzida para São Francisco de Assis, de onde deveria sair o cortejo com destino ao Museu da Inconfidência. Foram Clóvis Salgado e Dona Lia que tomaram nas mãos a pequena caixa, quando Manoel José de Paiva tratou de efetuar esse transporte até o automóvel, que a conduziu até a Capela dos Terceiros de São Francisco.

Tudo superintendia com afetuoso empenho, o vigário de Antônio Dias, que não obstante estar assoberbado com seus deveres paroquiais, inclusive tendo ido levar o Santíssimo Viático a um doente, em ponto distante de sua igreja, dispusera tudo para que nada ficasse difícil nem alterasse as disposições anteriormente tomadas.

Às dezesseis horas já estava a urna com os despojos de Marília de Dirceu sobre uma essa armada no arco do cruzeiro da legendária Capela dos Franciscanos de Ouro Preto. Vinte e oito círios lhe ardiam em volta, e grande concorrência de visitantes se acercava daquela pequena caixa que encerrava um mundo de recordações românticas, de símbolos de dramas humanos, expressão de poesia imortal e documento de glória de uma nação. Era o começo dos esponsais místicos, que somente as almas brutalizadas não podiam conceber nem compreender.

Houve quem se arrepiasse com um possível adultério de ossos... Mas segundo o "Eclesiastes", o número de estultos é infinito; mas o mundo nunca deixou de caminhar para frente, apesar dessa turba inconsciente e incapaz, através dos séculos do desenvolvimento humano.

Muitas flores cobriam a essa de S. Francisco de Assis. Essas flores eram levadas por pessoas do povo, por jovens estudantes, por senhoras de Ouro Preto. Era a consagração anônima, a aprovação unânime dos inteligentes e sensíveis, ao gesto do Governador Clóvis Salgado que obtivera do Ministro da Educação o cumprimento do decreto assinado na Fazenda de São Mateus.

Acenderam-se as primeiras luzes da cidade. A Capela de São Francisco estava literalmente cheia, quando chegaram o Governador Clóvis Salgado e sua comitiva de autoridades e de pessoas de prol nos meios intelectuais e artísticos. O Colégio Arquidiocesano e a Escola Normal alinhavam-se desde o adro até o começo da Ladeira do Ouvidor. A banda de música da Polícia Militar de quando em quando executava uma marcha fúnebre, pois que até a porta do Museu, seria levada, em funerais canônicos, D. Maria Dorotéia Joaquina de Seixas. Depois, então, a Igreja a entregaria às consagrações de sua pátria como Marília de Dirceu. O vigário de Antônio Dias, Padre Messias Passos, devidamente paramentado, seguido de outros sacerdotes, acercou-se da essa.

Era noite fechada.

As Irmandades do Santíssimo Sacramento e a Ordem Terceira de São Francisco, com suas cruzes alçadas e ceroferários, tomaram posição ao longo da nave da igreja. E o Padre Messias passou a entoar em cantochão, acompanhado pelos demais sacerdotes, os salmos e as orações litúrgicas por aquela franciscana, paroquiana de Antônio Dias, que o Brasil agora levava para o Panteon de suas glórias.

Ao lado da urna, sempre acompanhado de D. Lia Salgado, o Governador seguia as cerimônias com indisfarçável emoção. Pôs-se em marcha o cortejo e ainda dentro da igreja foi posta a urna sobre uma padiola logo entregue às jovens alunas da Escola Normal. À frente ia a banda de música da Polícia Militar, logo seguiam-se duas extensas filas de colegiais empunhando velas acesas, o clero e depois a urna, junto da qual se colocavam o Governador do Estado e altas autoridades, seguindo-se enorme multidão que silenciosamente acompanhava o cortejo.

No momento exato em que a urna saía da Capela de São Francisco, colocando-se ao ar livre, do alto do Itacolumi soltou-se do firmamento uma enorme estrela cadente, que depois de traçar de um lado a outro do horizonte uma esteira luminosa no céu, desapareceu por detrás da Serra de Ouro Preto.

No poema "OURO PRETO", escrito em 23 de março de 1899, o poeta Augusto de Lima dissera:

"Por esses montes, vales e planuras

Passam ainda os ecos de Dirceu,

Quando sobre o Itamonte nas alturas,
Vem rolando uma estrela pelo céu..."

Milhares de pessoas presentes a esse último funeral da noiva de Dirceu, assistiram, no dia vinte de abril de 1955, uma estrela cadente partindo do alto do Itacolumi atravessar os céus de Ouro Preto e desaparecer por detrás da serra.

Vejam agora os sábios, na Escritura,
Que segredos são estes de Natura.

Aquela teoria de luzes ganhou a ladeira, volteou a praça e depois, junto da escada principal do Museu da Inconfidência, deteve-se. Por fim, a urna com os despojos de Marília de Dirceu foi colocada sobre uma essa improvisada, e diante dela Menotti Del Picchia, sob um silêncio absoluto, pronunciou um belo discurso.

O diretor do Museu da Inconfidência era o venerando cônego marianense Raimundo Otávio da Trindade, um dos maiores historiadores brasileiros, respeitável por seu saber e por suas virtudes cívicas e religiosas. Sua cabeça prateava entre as luzes que o cercavam. Convalescente de moléstia que o acometera poucos dias antes, com sacrifício de sua saúde, ali estava com a cabeça descoberta, afrontando as friagens da noite e o vento do Itacolumi, no cumprimento do seu dever. Cercavam-no os seus dedicados auxiliares os guardas Milton da Costa Santos, João Antônio dos Reis Sila, Pedro Silvério Braga, Odair Marinho Cota, Benedito Chantal Pereira, Maria Tarciana da Silva, Misael Barbosa, Maria Brígida Rezende Paiva, Armando Araújo e João Di Iorio.

O Cônego Trindade ouviu atentamente as palavras comovedoras de Menotti Del Picchia. Declarou-se feliz por estar naquele momento ali presente e poder assistir a essa tocante cerimônia que lhe cabia encerrar, recebendo das mãos da Igreja, para guardar, sob os cuidados do Estado, aquelas cinzas que representavam as mais belas páginas da literatura brasileira e envolviam um drama cívico que a posteridade consagrara definitivamente. Maria Dorotéia Joaquina de Seixas era a Marília de Dirceu, e Marília de Dirceu é figura das letras e das recordações dos inconfidentes. O Museu da Inconfidência criado para recolher os documentos e as recordações da formação de Minas Gerais que gerara o espírito cívico e o heroísmo dos primeiros pioneiros da Independência e da República, saberia guardar com respeito as cinzas de Marília de Dirceu.

Todos se sentiam comovidos com aquela cerimônia evocativa de um drama secular, que continuava presente na memória dos homens, pela ação mágica dos poemas de amor de Dirceu.

E enquanto os funcionários do Museu da Inconfidência recolhiam a uma das salas a urna com as cinzas da agora Marília de Dirceu, regressavam as irmandades, dissolvia-se o préstito e todos louvavam as autoridades que haviam cumprido o seu dever sentimental, levando à glória cívica aquela que já possuía a santificação literária.

Retiraram-se as autoridades: dispersou-se o povo e a praça de Ouro Preto mergulhou no silêncio das noites de Vila Rica.

A presente edição de O AMOR INFELIZ DE MARÍLIA E DIRCEU de Augusto de Lima Júnior, é o número 187 da Coleção "Reconquista do Brasil" (2ª Série), dirigida por Antonio Paim, Roque Spencer Maciel de Barros e Ruy Afonso da Costa Nunes; diretor até o volume 92, Mário Guimarães Ferri (1918-1985). Capa de Osório Garcia. Impresso na Editora Littera Maciel Ltda, à Av. Simão Antonio, 157 — Contagem — MG, para a Editora Itatiaia Ltda, à Rua São Geraldo, 67 — Cep.: 30150-070 — Belo Horizonte. No Catálogo Geral leva o número 1102/9B.